口の立つやつが勝つってことでいいのか

頭木弘樹

青土社

口の立つやつが勝つってことでいいのか

目次

思いがけないことは好きですか？

現実がすべてですか？

はじめに

「言葉にしないとわからない」×「うまく言葉にできない」

私はこうして、本を書くという、「言葉を使う仕事」をしているが、活字好きで読書好きというわけではない。

活字はむしろ苦手で、ずっと本を読まない人間だった。今でも、読みはじめて数ページで投げ出してしまうことも多い。

それなのに「言葉を使う仕事」をするようになったのは、思いがけず二十歳で病気になったからだ。それも難病に。

自分の病状を医師に伝えないといけない。しかし、これが難しい。

たとえば、痛みひとつでも、これまでに経験したことのない痛みを、相手にわかってもらえるように伝えるのは、とても難しい。

ズキズキとか、刺すような痛みとか、もうこれまでに表現がある痛みならいいのだが、そうではない場合、自分で新しく表現を作らなければならない。

それはまるで、詩人や作家のような文学的な苦悩だった。「まだ言葉になっていないことを、言葉にしなければならない」のだ。

文学なんて、実生活とは縁遠いと思っていたのに、ちゃんと医師に病状を伝えられるかどうかという、命を左右する、きわめて現実的な、おそろしく実用的なシーンで、じつは文学が登場してくる。

言葉が好きで「言葉を使う仕事」を選んだわけではなく、実用に迫られて、生きるために、言葉と格闘してきた。

しかし、考えてみると、人は誰でも「言葉を使う仕事」をしているのではないだろうか。病人に限ったことではなく。

仕事だけでなく、人間関係でも、家族関係でも、自分ひとりで考えるにも、言葉はとても大切だ。言葉を使うことこそ、人間の特徴なのだから。

「ちゃんと言葉にしてくれないとわからない」と相手に不満を抱いたり、逆に「この気持ちは、とても言葉になんかできない」という思いを強く抱いたり。そういう経験のある人は少なくないだろう。

「言葉にしないとわからない」×「うまく言葉にできない」という問題は、じつは日常的につねに起きているのではないだろうか？

あなたが感じている生きづらさは、言葉にも関係していないだろうか？

何十年も同じ道を歩いて出勤していた人が、あるとき足をケガして、長年なれ親しんできた道が、じつはいかに傾いていたり、でこぼこしていたりする危険なものか、初めて気づいたと言っていた。

でも、足が丈夫なときだって、その傾きやでこぼこのせいで、つまずいたり、足をひねったりしていたかもしれないのだ。それをたんに自分のヘマだと思っていただけで。

それと同じように、難病という特殊な状況のせいで（＝足のケガ）、言葉の難しさを強く意識するようになった（＝道の傾きやでこぼこに気づく）、私の体験が、その他の多くの人にとっても、少しは参考になるかもしれない。たんに自分のヘマなのではなく、言葉の問題と気づけるかもしれない。

そうなるといいなあと願っている。

なお、最初に書いたように、私は活字が苦手で、本もすぐに投げ出してしまうほうなので、そういう私でも読めるように、いろいろ工夫してみた。

かえってうるさく思う人もいるかもしれないが、読書が苦手な人にも読んでもらえるといいなあと、これも願っている。

言葉に
できない
思いが
ありますか？

「言葉」にまつわるエッセイを集めてみました。
いえ、「言葉にできないこと」に
まつわると言ったほうが正確かもしれません。
言葉にできないことが、私は気になるんです。
あなたは、自分の気持ちをうまく言葉にできなくて、
困ったことはありませんか？

口の立つやつが勝つってことでいいのか！

「話し合いで解決」のこわさ

小学生のとき、私は口が立つ子どもだった。

11歳上の兄と6歳上の姉がいたせいかもしれない。

年上としゃべっていると、そちらにひっぱられるから。

当時もう学校は「暴力はダメ、話し合いで」というふうになっていた。

だから、とっくみあいのケンカなんかしていると、先生があいだに割って入って、「手を出しちゃダメ！　口で言いなさい」と両者を分けて、「さあ、何があったのか、ちゃんと話してごらんなさい。先生が判断してあげるから」と、それぞれの言い分を、ひとりずつちゃんと聞いてくれる。

そういうとき、私は口が立つから、「これこれこうで、相手がよくなくて、自分が正しい」ということを主張する。

先生もなるほどという顔をして、「じゃあ、今度はあなた」と、もう一方の子の話を聞こうとする。

ところが、相手はうまく説明できないのだ。言いたいことはあるのだが、切れ切れになったり、「でも、あの」とかがやたら入ったり、要領を得ない。

先生は、はは一んという顔をする。ちゃんと説明できないところを見ると、こっちの子のほうに非があるんだなと思ってしまうわけだ。

私のほうが正しいということになって、先生は相手の子に「頭木くんにあやまりなさい」と判決を下す。

すると、驚いたことに、相手の子は「ごめんなさい」とあやまるのだ！　しゅんとして、うなだれるのだ。

いつもそうだった。私は勝ってばかりいた。

これはひどいと思った。これじゃあ、腕力が強いほうが勝つのとなんにも変わらないじゃないか。口が立つほうが勝つだけだ。こんな理不尽なことでいいのかと思った。

言葉にできないたくさんの思い

私は自分が勝っているほうだから、自分のインチキがよくわかっている。口が立てば、自分のほうに非があったって、いくらでもうまいこと言いくるめられるのだ。

相手はさぞくやしいだろうと思った。それなのに、なぜあやまることができるか、不思議だった。もどかしい気さえした。なぜ敗北を認めて、自分のほうに非があったような態度をとるのか。「そうじゃないんだ！　こいつはうまいこと言っているだけだ！」と、なぜ叫ばないのかと思った。

とっくみあいのケンカになるような場合には、もやもやした言葉にならない思いがたくさんあるものだ。もちろん、単純な理由で、たんに口より手が先に出てしまっただけのこともある。しかし、もやもやした言葉にならない思いがたくさんあるから、口だけではすまなくて、とっくみあいになることも多い。たとえば、親の悪口を言われてケンカになったとして、それぞれの子の親との関係が深く関わっていたりする。もやもやした思いを、言語化するのは難しい。

不可能な場合もある。

それなのに、話し合いで解決しようとすると、言語化できることだけでの解決になってしまう。

しかも、言葉というのは手品を仕込むことができるから、手品のうまいほうが勝ちになってしまう。

種もしかけもあるのだが、なかなか気がつけないし、指摘しても、手品のあざやかさのほうが人気があり、ネタばらしはかえって非難されたりする。

話し合いで解決というのは、とんでもないな、というのが小学生のときの印象だ。

そのときから、「うまく言えない」ということが気になるようになった。うまく言えないことの中にこそ、真実があると感じるようになった。うまくしゃべれない人に、とても魅力を感じるようになった。

言葉にできる思いなんて、じつはごくわずか

そうしたら、自分が二十歳で難病になって、その結果、言語化できない、どう説明しても人にはなかなかわかってもらえないことを、山ほど経験することになった。「説明できないことは、沈黙するしかない」ということも、いやというほどよくわかってしまった。やっぱり私も、ただしょんぼりとうなだれていた。

言葉にできる思いなんて、本当にごくわずかで、まさに氷山の一角、千重（ちえ）の一重（ひとえ）、あんこうの提灯（ちょうちん）だ。それだけで判断しては、ちがってしまう。「この人の中には、もっと言葉にできない思いがいっぱいあるはずだ」という気持ちで相手に接する必要があると思う。

話し合いで解決はよくないから、暴力に戻そうと言っているわけでは、もちろんない。「暴力はダメ、話し合いで」というのは基本的には正しいと思う。極端化して、「戦争はよくない、外交で解決を」というふうにしてみると、その正しさがよくわかる。

ただ、「話し合いなら、ちゃんとした解決だ」と思うのは、ちょっとちがうということだ。なにしろ、言語化できないことがあるのだから。

そして、言葉にできることでさえ、それをもとにきちんと論理的に議論することは、とても難しい。論理学という学問がわざわざあるほどだ。日常の議論では、論理はすぐにおかしくなる。むしろ、口が立つ人というのは、論理をねじ曲げるのがうまい人なのだ。きちんと厳密に議論するはずの裁判でさえ、高い弁護士を雇えたほうが勝ったりすることを見ても、それは明らかだろう。

言葉にできない人のほうが魅力的

ということのエッセイも、なんだか議論っぽくなってしまった。

このエッセイ集では、言葉にできないことについて、できるだけ語ってみたいと思っている（言葉にできないことを語るというのは矛盾しているので、うまくいくかどうかわからないが）。なぜそんなことを語ろうとするのかという、その理由をまず書いてみようと思ったのだ。

うまく言葉にできないせいで、口の立つやつにひどい目にあわされて、くやしい思いをした人は少なくないと思う。

自分も口の立つほうだったひとりとして、お詫びしたいと思う。

思いをうまく言葉にできないほうが、当然なのだ。本当なのだ。そこにごまかしがないということだ。

私は昔のテレビドラマを見るのが好きなのだが、倉本聰（そう）の「前略おふくろ様」という有名なテレビドラマをＤＶＤで見ていたら、主人公のサブちゃんが、やたらとこう言う。

――うまく言えないっす――

それで、相手にうまく気持ちが伝わらなくて、怒らせたり、悲しませたり、誤解されたりする。見ていると、いらいらして、「もっとちゃんと説明しろよ」と思ってしまう。

でも、そこで無理に言葉にして、うまいことやってしまう人より、やっぱりずっと魅力的だと思うのだ。

思わず口走った言葉は、本心なのか？

今でも不思議な思い出

中学1年生のときだったと思う。

その夜は友達の家に泊まりに行くことになっていた。

そのしたくをしていた。

どういう理由だったかは忘れたが、母親が「今日はやめておきなさい」と言い出した。

困った。友達とはもう約束してあるのだ。「お母さんが行くなというから、やめておくね」なんて言えない。

口論になった。

それがだんだん激しくなっていった。そんなに泊まりに行きたかったわけでもないのだが、口論というのは勝手に盛りあがっていってしまうものだ。

この興奮の中で、私は思わず、

「なんで泊まりに行くと思っているの？　この家にいるのがイヤだからだよ！」

と叫んでいた。

びっくりした！

そんなことはまったく思っていなかったのだ。そんな重い理由で、友達の家に泊まりに行くわけではない。ただたんに、ひと晩中いっしょに遊ぼう、楽しもうというだけのことだった。

（いったい何を言っているんだ？）と内心、当惑した。

しかし、口はさらにこう言った。

「こんな家、いたくないんだよ！」

（えーっ！）と思った。（本心でもないのに、なんでだめ押しするんだよ！）と、あわてた。

しかも、私は涙を流し始めていた。泣きながら、こんなことを言ったのだ。

（なぜ、泣くんだ？　泣くほどのことが、どこにある？）と、私は本当にびっくりしていた。

友達の家に泊まりに行くのを止められたという、ただそれだけのことなのだ。なぜ、こんなひどいことを、しかも泣きながら言う必要があるのか？　自分でもまったく理解できなかった。

母親は、驚いて、言い返せなくなった。

その母親の肩ごしに、むこうの部屋にいる父親の姿が見えた。なんとも言えない悲しげな顔をして、黙ってすわっていた。本当はそんなふうに思っていたのかと、父親はショックだっただろう。

（そうじゃないんだ！）と、これは本当に心からの叫びとして、父親に言いたかった。口論していた母親はともかく、とばっちりで父親にこんなひどいことを言いたくはなかった。本心でもなんでもないのだから。

しかし、「本心ではない」という本心は口に出せなかった。

母親は、私をなだめるように、「行ってきなさい」と言い出し、私を送り出した。そのまま、私は友達の家に泊まりに行った。

家に戻ったら、あれは本心ではないということを、ちゃんと言わなければと思った。

しかし、信じてもらえるだろうか？

子どもが、興奮した状態のときに、思わず、泣きながら叫んだのだ。これはどうしたって、「ずっと隠してきた本心」という感じがすごくする。

どう否定したって、「つい本心を口に出してしまい、それをあとであわてて否定しているだけ」というふうに、受けとられてしまうだろう。

困った。

けっきょく、そのことについては、何も言えなかった。

そのまま、そのことにはふれずに過ごし、今に至る。


「思わず出てしまった言葉」が本心ではないことも

人が激したときに、つい叫ぶ言葉。

酔ったときに、つい漏らす言葉。

寡黙（かもく）な人の口から、ぽろりとこぼれ出た言葉。

そういう「思わず出てしまった言葉」は、「本心そのもの」のように、どうしたって感じられる。

ドラマなんかでも、そういうシーンで口走るのは、日頃から思っていることで、でも言ってはいけないと隠していることだ。

人間は心の中に、強く思ってはいるけど、決して口に出してはいけないことを、たくさん抱え込んでいる。それを抱え込みつづけるには、常に理性の力が必要とされる。なんらかの理由で、理性のたががが少しゆるんでしまうと、本心があふれ出てしまう。

だから、思わず口にしてしまった言葉は、本心であることが多いだろう。

しかし、１００％ではない。

私の場合のように、心にずっと秘めていたことを叫んだとしか見えないが、じつは心の中にまったくないことだった、という場合もある。

相手の言葉に傷つく前に

こんなことは私だけなのだろうかと思って、何人かの人に聞いてみたことがある。「そんな経験はない」という人もいたが、「自分もそういう経験がある。思ってもいないことを、ずっと隠してきた本心みたいに言ってしまった」という人もいた。

だから、全員にありうることではないかもしれないが、決して珍しいことでもないと思う。


相手から、隠してきた本心としか思えないことを言われると、衝撃は大きい。

その言葉がずっと心の傷になっている人もいるだろう。

それは本当に「隠してきた本心」だったかもしれない。

しかし、「まったく思ってもいなかったこと」の場合もある。そういう可能性もある、ということは知っておいたほうがいいと思う。

自分のものではない言葉が出てくることも

なぜ、思ってもいないことを言ってしまうのか？

その理由はわからない。

そういう経験のある人たちに理由を聞いてみたが、それぞれにちがうことを言っていた。自分でも理由がよくわからなくて、推測するしかないという感じだった。

私の場合は、ドラマの中の言葉か何かが出てきてしまったのかなあと思う。自分の本心ではないどころか、外からの借り物が、そんなときに出てしまうこともあるようだ。

困ったことだ。

というわけで、思わず口走った言葉というのは、本心というふうに重く受けとめられやすいが、そうとも限らないということだ。

ただ、どうしてそんなときに本心ではない言葉が出てくるのか、その理由はわからない。

でも、言葉にすると力を持ってしまう。

「言葉にすること」のおそろしさのひとつだ。

理路整然と話せるほうがいいのか？

宮古島で出会った不思議なMさん

私は東京から、沖縄の離島の宮古島に移住した。

宮古島には誰も知り合いがいなかった。

どこを歩いて誰とすれちがっても、絶対に知っている人と会わないというのは、新鮮な体験だった。

ただ、私は持病があるし、海に囲まれた島で、誰も知り合いがいないというのは、さすがに心細い気もした。

そんなときに知り合ったのがMさんで、とても親切にしてもらい、いろんな人も紹介してもらった。豪快でパワフルな女性で、子育てをしながら仕事もしていた。

その仕事が、なんだかよくわからない。Mさんのまわりには自然とたくさんの人が集まってきて、こんなことをやろうと企画が持ち上がり、みんなでそれをやるというようなことが、ずっとつづいているらしく、こういう仕事をしていると、ひとことでは言えない、不思議な人だった。

Mさんは、私がお酒を飲めない、食べものにも制限があると知っても、まったく気にせずに、飲みに誘い、ひとりで飲んで食べて盛りあがってくれた。もう誘わないとか、そういうことはなく、飲まない食べないこちらに気を遣うこともなく、少し飲めとか食べろとかうながすこともなく、まったく普通にしゃべって盛りあがってくれるのだ。ありがたい人だと思った。

なので、よくいっしょに飲んでいた（私は少し食べるだけだが）。

Mさんの話は、いつも面白かった。何時間しゃべっていても、あきなかった。

ただ、困ることがあった。何か頼みたいことがあるからと呼び出されて、何時間も説明を聞いているのに、何を頼みたいのか、よくわからないのだ。

この人のことが好きだったし、感謝もしていたから、何か頼み事があるなら、なんでもしたいと思っていた。ところが、どうしっかり耳を傾けても、何を頼まれたのかが、よくわからない。

たとえば、原稿を頼まれたことがあって、そこまではわかるが、どういう内容の原稿を、いつまでに、何文字くらいで書けばいいのかが、わからない。聞けばいいと思うかもしれない。聞いているのだ。返事も、もちろんちゃんとしてくれる。しかし、よくわからないのだ。期限は、こちらにおまかせだし、文字数も自由だし、内容についてはどんなに説明を聞いてもよくわからない。しかし、期限はあるはずだし、載せるスペースも限られているはずだし、内容だって的外れでは困るはずだ。

困ったなあと思っていた。ただ、彼女の周囲に集まっている人たちは、ちゃんと企画を実現させたりしている。そういうひとりに、「彼女の言っていることがよくわからないんですが……」と正直に相談をもちかけてみた。すると、「頭木さんもですか! 安心しました! 私もよくわからなくて」という返事でびっくりした。それでよく物事が進められるなあと。

理路整然がいいという思い込み

ようするに私は、理路整然にとらわれていたのである。

理路整然と話すほうがよく、そうしてくれないと、何を言っているのか、こちらにはよくわからないし、協力したくてもできない、と思っていたのだ。

すごくいい人だけど、理路整然としゃべれないのだけが欠点だと、当時の私はすごく失礼なことを思ってしまっていた。

ただ、だんだんと私は疑問を感じるようになっていった。

理路整然としゃべるのがよくて、理路整然としゃべれないのがよくないことだとしたら、この人と話していて、つまらないと感じたり、時間の無駄と感じたり、いらいらしたりするのではないか？

そんなことはまったくないのだ。先にも書いたように、何時間話していても面白い。

逆に、「自分にそんなしゃべり方ができるのか？」と思った。そう自問してみると、とてもできそうにないのだ。どうやったらいいのかもわからない。

これはすごいことなのではないか！　と、ようやく気づき始めた。

そもそも私は、「言葉にはできない思いがある」ということを、病気になった体験などから、身にしみてわかっていた。

にもかかわらず、何か説明するときには、理路整然としゃべるほうがよくて、そうでないことをマイナスのように、まだ思ってしまっていたのだ。

しかし、理路整然というのは、つまりきちんと整理された言語化ということで、きちんと整理できない要素は、そぎ落としてしまっているのだ。

たとえば、医者の言葉は理路整然としている。「潰瘍（かいよう）性大腸炎とは大腸に炎症が起きる病気である」というふうに。しかし、患者として体験する潰瘍性大腸炎を説明しようとしたら、そんなにすきっとしたものにはならない。さまざまな症状や痛みや不快感などがあり、別物のようになった腸で生きていくという、ちょっと説明の難しい体験であり、社会との関わり方まで変わってくる。

潰瘍性大腸炎の患者は、説明がくどくどしていると言われることがよくある。そのせいで、「そういう性格だから、そういう病気になるんだ」とさえ言われてしまうこともある。しかし、実際には逆なのだ。言語化が難しい体験をしてしまうから、説明が長くなり、しかも要領を得なくなってしまう。私は病気の体験について『食べることと出すこと』（医学書院）という本に書いたが、1冊書いても、まだまだ言語化できていないことがたくさんある。

こんなにも言語化できない世界を生きていたのか！

病気というような特別なことでなくても、ごく平穏で平凡な一日のことであっても、その日にあったこと、感じたことを、本当に克明にちゃんと言語化しようと思ったら、それはほとんど無理であることにすぐに気づくだろう。

たとえば、今、感じているにおい、これをどう書けばいいだろう？「都会の道のにおい」とか、そんなふうに大ざっぱに書くことはできるかもしれないが、自分がその瞬間に感じているにおいを、ちゃんと言語化することは不可能だ。

味もそう。おいしくても、おいしくなくても、今食べているものの味をちゃんと言語化できるだろうか？

風景にしてもそうだ。どんなに細かく描写したとしても、完全には描ききれない。

人の顔もそうだ。そこに微妙に感じられる感情も。それに応じて自分の心の中にわいた感情も。

こうしてあげていってみると、じつは言語化できないことだらけで、びっくりしないだろうか？　自分はこんなにも言語化できない世界を生きていたのかと。

スープのなかの言葉たち

言語化できることなんて、ほんのわずかだ。

言語化するというのは、たとえて言うと、箸(はし)でつまめるものだけをつまんでいるようなものだ。

スープのようなものは箸でつまめない。

そういうものは、切り捨ててしまっているのだ。

だから、じつはスープがたっぷり残ってしまっている。

そのスープのほうが気になる人は、「うまくしゃべれない」ということになる。

もちろん、箸でつまめるものをきちんとつまむことも重要だ。

しかし、それだけが素晴らしいわけではない。

スープもおいしいわけだし、むしろそちらのほうがおいしいかもしれないのだから。

Mさんは、豆だけをつまもうとはしていなかったのだ。スープたっぷりの会話をしようとしていたのだ。

だから、理路整然とはしていないけど、理路整然としていないからこそ、豊かだったのだ。理路整然としていたら抜け落ちてしまっていたはずのものをたっぷりふくんでいたわけだ。だから、何時間聞いても面白かったのだ。

ことばにできない思いをことばで

詩人の長田（おさだ）弘はこう書いている。

> けっしてことばにできない思いが、ここにあると指すのが、ことばだ
>
> 長田弘『詩ふたつ』クレヨンハウス

言葉というのは不思議なもので、言語化できないことでも、なんとか指し示すことはできる（とても難しいが）。

だから、文学というものがある。言葉にできないことを、なんとか言葉で表現するのが文学だ。

そもそも、そういう無理なことをしている。だから、作家の安部公房はこんなことを言っているわけだ。

言葉表現に対する不信と絶望を前提にしなければ、作品に自己の全存在を賭けるなどという無謀な決意も、生まれてくるわけがないのである。

「消しゴムで書く」『安部公房全集20』新潮社

私が病院で、文学に救われたのは、言語化できない体験をした私にとって、言語化できない体験をなんとか語ろうとする文学こそが、なんとかすがりつける命綱であったからだろう（もちろん、そこまで理屈っぽく考えたわけではなく、なんとなく文学はいいなあと感じただけなのだが）。

Mさんは、SNS上で、新聞記者の人と議論になって、じれた新聞記者の人から「あなたは理路整然と書くことができない！」とキレられていた。

それが欠点であり、能力が低いかのように、批判されていた。

理路整然と書くことを目指してきた新聞記者の人としては、無理もないことかもしれない。

しかし、そのやりとりを見ていて、「ああ、そうじゃないのになあ……」と、とても残念に思った。

理路整然ではないよさ、スープたっぷりのよさは、なかなかわかってもらえない。すくえないスープを無視せずに、なんとかスープもすくおうとする、その無謀なくわだては、どうしたって理路整然とはしない。文学の言葉になる。

若き日の今井美樹が出ていた、「輝きたいの」という山田太一ドラマに、こういうセリフがある。

――ハキハキしとるなんちゅう奴ら、ハリ倒したくないか？　そういうのンばっかり光あたったら、いまいましうないか？――

山田太一『輝きたいの』大和書房

ハキハキのどこがいけないのか？　と思うかもしれない。

でも、作者の山田太一は、ある講演会でこう語っていた。


なににでもテキパキ意見を言うなどというのは、いかがわしくはないでしょうか。口ごもり、迷っている人のほうが、自然だし、むしろ温かい気がします。

本当にそうだと思う。

ドキュメンタリー番組の青年

以前、あるドキュメンタリー番組を見た。社会に出て、なかなかうまくいかない青年が、あらためて研修などを受けて、再就職を目指すという内容だった。

その青年は、はきはきしゃべれない。テキパキ意見を言ったりできない。

名刺交換の練習のシーンでも、相手のほうは「〇〇会社の××です」とハキハキ言えるのに、その青年のほうは、「あの、えと、その……」なんてなってしまう。

たしかに、営業でやってきた人が、社名や名前もちゃんと言えないようでは、取引しようという気にはなれないかもしれない。

しかし、そんなことも言えない青年はダメかと言えば、ぜんぜんそんなことはない。ハキハキものが言える若者とはまた別の魅力がある。ただ、その魅力がビジネスシーンでは生きないというだけのことだ。

ただそれだけのことで、その青年はダメ出しをされ、はずかしめられ、採用試験で不合格になり、自分でも「ハキハキできない自分はダメだ」と思い込んで、落ち込んでしまう。

でも、もしこの青年が、研修の成果で、ハキハキものが言える若者になってしまったら、むしろそのほうがずっと残念なことだし、無残なことだし、こわいことではないだろうか。

理路整然としていないことに誇りを

「理路整然と話せる」で試しにネット検索してみると、こういうのがトップに出てくる。

「理路整然」とした話し方はビジネスシーンでの強力な武器

理路整然と話す6つの方法やポイントとは?

理路整然と話したほうがよく、理路整然と話せるようになるために努力しようという感じだ。

何度もくり返すように、これを否定するわけではない。

しかし、「理路整然と話さない」というのも、素晴らしいことだ。箸でつまめる豆だけでいいと、簡単にスープを切り捨てられない人なのだ。そのことに誇りを持っていいと思うし、大切にしたほうがいいと思う。

理路整然としゃべることができる人も素敵だが、理路整然とせずにしゃべることができる人も、また素敵だ。前者だけでなく、後者もいてほしい。前者だけでなく、後者も尊重してほしい。

私はもともと理系だったし、理路整然を美しいと感じるほうだった。だから、自分のしゃべりもなるべく理路整然とさせたほうがいいと思っていた。

だが、Mさんに会ってからは、それを大いに反省して、理路整然としないように気をつけている。

本を書くときも、言葉で書いているわけだが、言葉にできないことを常に意識し、理路整然としすぎないように気をつけている。

理路整然とさせたら売れなくなった本

これはある編集者さんから聞いた話だが、ある作家の本がとてもよく売れるのだけど、ただ文章が、同じことを何度も言ったり、ぐるぐる回っているようだったり、じつにすっきりしない。

それで、あるやり手の編集者さんが、もらった原稿に全面的に手を入れて、とても理路整然とした、すっきりした本に書きかえた。

すると、その本だけ、売れなかったのだそうだ。

理路整然としていないところにこそ、その作家さんの魅力があったということだろう。

私は原稿を書いていて、なんだか理路整然としてきてしまったなと感じると、Mさんのことを思い出すようにしている。

そして、書き直す。もう少しスープを増やすことはできないかと。

Mさんのたっぷりのスープ……

じつは、Mさんは急逝（きゅうせい）してしまった。

当人は100歳まで生きると言っていて、周囲もそう思っていた。それくらいエネルギッシュでバイタリティーあふれる人だった。

だから、いまだに信じられない思いだ。

今はもういない人を振り返るとき、その人の言っていたことが思い出されたりするものだ。ああいうことを言っていたなあと。

彼女の場合も、そういう言葉はある。でも、やっぱり言葉ではないなあと思う。

この人が、私たち知り合いの心の中に残していってくれたのは、言葉にできない、たっぷりのスープだったなあと思うのだ。

好きすぎると、好きな理由は説明できない

どういうところが好きなんですか？


先日、突然、こういう質問をされた。

「山田太一作品をよく引用されていて、お好きなようですけど、どういうところが好きなんですか？」

すごく嬉しい質問だ。大好きな山田太一作品について、語っていいわけだ。

さあ、語っちゃうぞと、勢い込んでしゃべりだしたのだが、ぜんぜんうまくしゃべれなかった。

しどろもどろになってしまって、果ては「なんで好きなんでしょうね?」などと言いだしてしまう始末だった。

うまく伝えられない自分に腹が立つし、まるで伝わっていない様子の相手を見て悲しくなる。

不思議だった。山田太一作品は、映像を探しまくって、何度もくり返し見て、マニアの領域だと自分でも思う。

それなのに、そのよさをちゃんと語れないとは。

愕然(がくぜん)としてしまった。

私が感じたのは、なんだか煙をつかむよう、ということだ。

山田太一作品が好きな理由はたしかにあり、それをつかむこともできるのだが、それは煙みたいなもので、相手にほらこれと差し出して見せることができないのだ。つかんだはずの手には、開いてみると何もないから。

でも、実体がないというわけではない。たしかにあるのだ。だけど、つかめない。

初めてのブックトーク

初めてブックトークというものに参加したときのことを思い出した。

私を含め何人かが、自分の大好きな本について、みんなに紹介した。

私以外にも初めて参加する人が多かった。

初めてだから、それこそ自分が人生でいちばん大切に思っている本を持ってきていて、そういう熱い思いをまず語ってから、いよいよどういう本かという説明に入るわけだが、そこで言葉につまる人が何人もいた。

どう面白い本なのか、うまく説明できないのだ。なぜ説明できないのか、当人がいちばん当惑しているようだった。

大切な本を、うまく紹介できなかったことに、がっかりしている人もいた。

しかし、私はそのとき、とても感動した。大好きな本だからこそ、うまく言葉で説明できないのだということが、すごく伝わってきたからだ。その大好きさに感動したのだ。

そういうものなんだなあと思った。

好きな理由を答えたカップルは別れる

こういう心理実験も読んだことがある。

カップル（恋人どうし）をたくさん集めて、2つのグループに分ける。

一方のグループには、「相手のどういうところが好きですか？」という質問に筆記で答えてもらう。

もう一方のグループにも質問に答えてもらうが、それは恋愛には関係ないことだ。

そして、半年後、それぞれのグループのその後について調査したところ、好きな理由を答えたグループのほうが、別れていたカップルが多かったのだ。その差は明らかであったそうだ。

なぜ、好きな理由を答えると別れる確率が上がるのか？

実験をした人たちの分析によると、好きな理由を言葉で書くと、好きな理由が明確になる。たとえば「やさしいから好き」とか「たのもしいから好き」とか。そうすると、やさしくない面に接したり、たのもしくない面に接したときに、好きな気持ちが消えてしまいやすい。と、そういうことなのだそうだ。

なんとなく好きというふうに、好きな理由が漠然としていたほうが、関係が壊れにくいということだ。

「わたしのどこが好き?」という質問は、じつはとても危険なのだ。

「語れないのは、本当に好きではないから」は本当か?

先日、「ちゃんと語れないのは、語ろうとしていることへの本当の情熱がないからだ。伝えたい想いがあるのなら、伝えられるはず」という意見を目にした。

しかし、これはむしろ逆だろう。

本当に好きであるほど、むしろ語れないのではないだろうか。

(かといって、ペラペラ語れるような人はそれほど好きではないんだ、などと決めつけるつもりもないが)

たとえば、20年も30年も仲良く暮らしてきた夫婦に、お互いのどういうところが好きなのかを聞いても、これは説明できないほうが当然だろう。

いろんな積み重ねがある。そのひとつひとつについては語れても、全体におおまかに語るようなことは、もう不可能になっているはずだ。

本や映画やドラマなどの作品とのつきあいにもそういうところがある。つきあいが深いほど、どこがいいなんて言えなくなってしまう。

追記・「愛するものについてうまく語れない」

このエッセイをnoteに書いたあと、「こういう言葉がありますよ」と、ふたりの方から、ふたつの言葉を教えてもらった。

こういうやりとりが楽しいし、今回、本にそれを掲載できてうれしい。

ひとつは、大岡昇平の言葉だ。

> 愛するものについてうまく語れない――これは私にとって、スタンダールその人について実感されることである。
>
> 「愛するものについてうまく語れない――スタンダールと私(1)」『大岡昇平全集20』、筑摩書房

この「愛するものについてうまく語れない」には元があって、それがもうひとりの方が教えてくださった言葉だ。

批評家のロラン・バルトが講演のために書いた文章のタイトルだ。

人はつねに愛するものについて語りそこなう

ロラン・バルト『テクストの出口』沢崎浩平訳、みすず書房

とても素敵なタイトルだが、この文章は、ロラン・バルトが人生の最後に書いたものなのだそうだ。

「無敵の心理学」がこわい……

じつはそれが本音かもしれませんよ

本書のふたつ目のエッセイ「思わず口走った言葉は、本心なのか?」で、「まったく本音ではないことを口にした」という体験を書いた。

こういう体験を人に話したとき、かなりの確率で言われるのが、「じつはそれが本音かもしれませんよ」ということだ。

つまり、自分自身でも気づいていなかった本音が、そういうときに出てくるのだ、ということだ。

たしかに、そういうこともありうるだろう。

でも、私の場合はまったくちがうので、「そんなことはないですね。まったく本音ではないことが出てくることもあるから、びっくりしたという話なんですよ」と説明する。

そこで終われば、別になんの問題もない。

相手からしたら確認しておきたいことだし、こちらも肝心なポイントをさらにきちんと伝えることができる。

第2ステップ

しかし、そこで終わらず、第2ステップがある場合も。

「本音というのは、自分自身でもわからないものですよ。だから、本当はそれが本音なのかもしれませんよ」と相手が押してくるのだ。

こうなると、困る。なにしろ、「自分自身でもわからない」となると、私がいくら「いえ、それはまったく本音ではありません」と言ったところで、どうしようもないのだ。

相手はにやにやして、「まあ、ご自身ではちがうと思うかもしれませんが、きっとそうですよ」などと決めつけてくることさえある。

こういうときに思い出すのが、磯野真穂さんの『他者と生きる　リスク・病い・死をめぐる人類学』（集英社新書）という本で知った、メラネシアのエピソードだ。

> メラネシアでは、ひとは眠っているあいだに遠い村で盗みを働いたという非難を甘んじて受け、身の潔白を証明するアリバイをもち出したりせずに罪に服する。
>
> モーリス・レーナルト『ド・カモ』坂井信三訳、せりか書房

寝ている間にやっただろうと言われてしまうと、自分ではおぼえていないのだから、否定のしようがない。

それと同じで、深層心理のことは自分でもわからない、と言われてしまうと、否定のしようがなくて、途方に暮れてしまう。

私はこういう心理学を、「無敵の心理学」と勝手に呼んでいる。

第3ステップ

しかし、これもまあ、濡れ衣をきせられるだけだから、まだいい。

問題は第3ステップがある場合だ。これがこわい。

「本音というのは、自分自身でもわからないものですよ。だから、本当はそれが本音なのかもしれませんよ」と相手から言われたときに、「なるほど。そうなのかも」と、こちらが説得されてしまう場合のことだ。

たとえば私の場合だと、「家にいるのがイヤだ」と口走ってしまい、実際にはそんなことはまったく思っていなかったわけだが、じつはそれが「自分でも自覚できない深層心理での本音」というふうに説得されてしまうと、自分の過去をふりかえって、いろいろ考えてしまう。そうやって掘り起こせば、もちろん親に不満を持ったこともあるし、家出したくなったりしたこともある。そういうことのない人はいないだろう。だから、「そうか、自分はそんなふうに思っていたのか！」と、本当はない心理を発見してしまいかねないのだ。

先のメラネシアのエピソードでも、疑われた当人は、自分でも認めてしまっている。

異なる文化に住む私たちは、ムチャクチャだと思う。寝ていたのに、遠い村で盗みを働けるわけがないと。

ところが実際には、私たちも心理学の名のもとに、同じようなことをやっているのだ。濡れ衣をきせられて、さらに自分自身までそう思い込んでしまう。

これが「無敵の心理学」のこわさだ。

切れ味が鋭いからこそ使ってみたくなる

ねんのため言っておくと、私は基本的に心理学が好きだ。

大学でも心理学の単位をいくつもとったし、本もかなり読んでいる。

とくに心理実験が好きだ。たとえば、目の前の自分の手さえ見えない完全に真っ暗な部屋に、知り合いではない男女を入れると、30分以上たった頃から、お互いにふれあい、抱き合いはじめるそうだ。不安が人を結びつけるのだろう。

また、知り合いではない2人に長期間、ひとつの部屋で同居してもらうとき、窓の外に豊かな自然が見える部屋と、人工物しか見えない都会の部屋とでは、後者のほうがはるかにケンカが起きる確率が高いそうだ。入院中、病院の窓から自然が見えることがいかに大切か、身にしみた私には、とても納得がいく。

「絶望した犬」という実験もあって（犬がかわいそうなので、こういう実験には反対だが）、閉ざされていて逃げ場のない檻の中で、床に電流を流されて電気ショックを与えられつづけた犬は、電気ショックを与えられずにすむ部屋に逃げられるようになっても、もう逃げようとはせず、床に伏せたまま動かない。何をやってもどうしようもないという絶望を学んでしまったのだ。この実験など、まるで自分のようで涙が出てきてしまう。

フロイトの「無意識」という発想も、すごいと思う。この発想に影響を受けていない人など、現代にはおそらく誰もいないだろう。

そこからさらに、心理学も精神医学もどんどん進歩している。

しかし、切れ味が鋭いからこそ、無闇に使ってみたくなる、という問題がどうしても生じてしまう。

上方落語の「首提灯」という噺では（江戸落語の「首提灯」とは内容がちがう）、道具屋で仕込み杖（杖の中に刀が仕込んである）を買った男が、その切れ味があんまりいいので、誰か切ってみたくてしかたなくなる。それで、わざと家に泥棒が入るように仕向けて、その泥棒の首をすぱっと切り落としてしまう。

泥棒とはいえ、首を切り落とすとはひどすぎるわけだが、刀を手に入れたことで、だんだん切りたくてしかたなくなるところに、迫力と説得力がある（桂枝雀（かつらしじゃく）のCDが出ているのでよかったら）。

心理学も同じで、やたらふりまわして切ってみたくなってしまうところがある。

しかし、刀が要注意であるように、心理学も要注意だ。

ありもしない本心を取り出す手品

たとえばフロイトにしても、言い間違いには本音が表れているとか、いわゆる「象徴」とかは、やたらふりまわされやすくて危険だ。

私はメールで、「お世話になっています」と書くときに、「お世話になっていません」と書き間違えることがある。

これなんか、もしそのまま送信してしまったら、後からいくら弁解しても、相手は「こいつ、心の奥底では、おまえなんかの世話にはなっていないと思っているな。それがこいつの本心だな」と思ってしまうかもしれない。

「〇〇様」と書こうとして、「〇〇雑」と書き間違えてしまうこともある。これも危険だ。相手は「雑！　おれのことを、どうでもいい、その他大勢のように思っているんだな」と怒りかねない。

実際には、ただの書き間違いにすぎないのだが。

今これを読んでいるあなた、「いやいや、その書き間違いはいくらなんでもおかしいから、やっぱり頭木さんの本音が出てしまっているのでは？」と思っていないだろうか？

そういう「無敵の心理学」は、困ってしまうのだ。

ありもしない本心を、裏から取り出してくる手品は、遊びだけにしてほしい。

自伝がいちばん難しい

『絶望名人カフカの人生論』という本が出たのが２０１１年の11月で、文学紹介者としての活動はそこからだから、今月（２０２１年11月）でちょうど10年になった。

10年というと、大変な年月だ。「石の上にも三年」の3倍以上だ。「桃栗三年柿八年」で、柿の木でさえもう実がなっている。「十年修行すれば一人前」で、職人さんや板前さんもプロの腕前になっている。小学校に入学した子どもが、中学も卒業して、高校生になるほど成長する。

私も、10年前にはなかなか書けなかった文章が、今ではすらすら書けるように——なっていない。なっていなくて驚いている。同じように苦労している。昔のほうがましだったと思うことさえある。

これまでに出せた本は、アンソロジーや共著や監修した漫画まで含めて25冊。少ないほうだろう。10年の成果としては、大漁とは言えない。

1冊に5年かけた本もある。『食べることと出すこと』という本で、今の社会で病気になると、いったいどういう体験をすることになるのかを書いた、一種の自伝のようなものだ。これを書くとき、最初は楽だと思っていた。私はそれまでカフカやゲーテの本を書いていたが、たとえば「カフカは「男らしい」という言葉を一度も使っていない」と書くためには、カフカの全集をすべて確認しなければならない。ゲーテともなると、ヴァイマル版全集は133巻143冊もある。その点、自分の話なら、資料を揃える必要も調べる必要もない。こんな楽なことはないと思った。

ところがである。実際には、自分のことを書くほうが、はるかに難しかった。まず、面白いかどうかわからない。カフカやゲーテのことなら、あるエピソードが面白いかどうかは客観的にわかる。しかし、自分のこととなると、他人にも面白いのかどうか、さっぱりわからない。自分としては長々と語りたい出来事が、他人にはまったく退屈ということはよくある。たとえば病気の話とペットの話は面白くないと言うが、病院の6人部屋でさんざんそれを経験した。

「誰でも1冊は本が書ける」と言われる。「自分のことを書けばいいのだ」と。それはその通りだろう。今は、自伝を書いて自費出版する人も多いそうだ。とてもいいことだと思う。しかし、そういう自伝は面白いものが少ないとも言われる。「自分には文才がないから……」と落胆しがちだが、そうではない。じつは自伝ほど難しいものはないのだ。自分のことだから簡単に書けると思ってしまうところに、落とし穴がある。

進歩のない私だが、自分のことをどう書くかについては5年も苦労したので、いくらかコツを身につけた。いつか、自伝の書き方のような本も出してみたいと思っている。

ひとつだけ、とくに気をつけてほしいことを書いておく。たとえばドリアンのなんとも表現しがたいにおいを、「ウンコのにおい」と書いてしまうと、もう自分にもウンコのにおいとしか思えなくなってしまう。書くことには、そういうおそろしい効果もある。もやもやした複雑な感情や感覚が、言葉にできただけのものに置き換わってしまうのだ。だから、ありきたりな表現をしてしまうと、自分の過去までありきたりになってしまう。そうならないよう、どう表現するかじっくり時間をかけて悩んでほしい。安易に書いてしまうのがいちばんよくない。自分の体験を大切にしてほしい。

短いこと、未完であること、断片であること

アンソロジーはお試しセット

私はもともとは本を読まない人間だったので、読むようになってからは、アンソロジーにずいぶんお世話になった。アンソロジーにはいろんな作家のいろんな短編が入っているから、誰のどんな本から読んだらいいのかわからない者にとっては、お試しセットとして、とてもありがたい存在だった。今も大好きな作家や作品の多くに、アンソロジーで出会った。

その恩返しの気持ちもあって、今は自分でもアンソロジーを編んでいるのだが、作品

を選んでいるときに、はたと気づいたのは、アンソロジーには短編しか入れられないということだ。カフカの『城』とドストエフスキーの『カラマーゾフの兄弟』と夏目漱石の『明暗』を入れたいと思っても、そうはいかない。

そんなことは当たり前だが、なんだか、あらためて気づいたような気持ちがした。アンソロジーというのは、短編礼讃(らいさん)でもあるのだなあと。

短編小説が減ってしまった

時代順に見ていくと、最近は短編小説が減ったなあと思う。

かつて、純文学誌、娯楽小説誌の他に、中間小説誌だけでも10誌くらいあって、さらに各雑誌が別冊まで出すという時期には、作家は短編の依頼が殺到して大変だったそうだ。「めちゃくちゃな時代でしたね。ひっぱりだこで」「あのころはちょっと、みんな発狂したような」と、筒井康隆も語っている(『筒井康隆、自作を語る』ハヤカワ文庫)。

安部公房は「短編小説の可能性」という大江健三郎との対談でこう語っている。「じつに多くの短編小説が量産されてきました」「作家の側に理由があったのではなく、単に需要の多さのせいにあったのではなかったか」「作家の側に短編小説のもつ意味、あるいは、それを書く必然性が、じゅうぶんに意識されていなかったのではないか」(『安部公房全集19』、新潮社)。

今や、雑誌が激減し、今度は、単に需要の少なさのせいで、短編が減っているのではないかと思う。たとえ作家のほうに短編小説を書く必然性があったとしても。そういう意味でも、短編の受け皿としての雑誌の存在がとても大切だと思う。

結晶のような短編

短編には、私は3種類あると思っている(もちろんさまざまな分類が可能だから、あくまでそのひとつとして)。

1種類目は、夏目漱石の『吾輩は猫である』の中で寒月君が磨いている硝子(ガラス)の球のように、完全を目指して磨きに磨いているうちに小さくなってしまったというもの。

これは音楽の話だが、ヴェーベルンという作曲家が、短い曲ばかり作っているので、師匠のシェーンベルクが「大規模な作品」を書くように言う。ヴェーベルン自身も、やってみようと決心するのだが、苦心惨憺(さんたん)したあげくにできたのは、「チェロとピアノのための3つの小品」という約2分の曲。この曲が素晴らしいのだ。これ以上は短くもできないし、長くもできないという、純粋な結晶のような作品だ。

長い曲にしようとしても、どうしても短くなるという、このエピソードが私はとても好きなのだが、短編小説にもそういうものがある。芥川龍之介やエドガー・アラン・ポーなど、ほぼ短編しか書かなかった作家もいる。レイモンド・カーヴァーの短編集『愛について語るときに我々の語ること』（村上春樹訳、中央公論新社）の収録作のように、編集者がときには75％も削ったことで、より完成度が増している場合もある（削ったほうがよかったかどうかは意見が分かれるが）。

「名短編」という言葉はあっても、「名長編」とは言わない。これも短編のほうが磨きあげられた感じがするためかもしれない。

スナップショット

磨きあげた短編は完成度が高いだけに、閉ざされた感じがするが、もっと開かれた短編もある。それが2種類目だ。

ラフスケッチ、スナップショット、あるいは自動記述といった感じで、ある種の粗さがあるけれど、それが欠点ではなく、そうでないとつかめないものを描いている感じ。

読む人によって、印象もずいぶん変わる。

たとえば、私の最愛の短編小説でもある、牧野信一の「吊籠（つるべ）と月光と」。「僕」は自分を3人に分裂させて旅立たせ、「インディアン」のかっこうをして居酒屋に飲みに行き、月夜に船大工の工房が仕事をしているのを眺め、死んだ人たちに会い、木製の箱に綱をつけた手動のエレベーターで人を上げる。と、あらすじを書いても、なんのことだかさっぱりわからない。

全編がハイテンションで、これで長編は難しい（書けたら面白いかもしれないが）。やはり短編だから可能なことで、短いからこそ不思議な光を放つのかもしれない。

先の対談で大江健三郎が「牧野信一といった秀（すぐ）れた短編作家のスタイルも、その作家たちが死んでしまうと、そのスタイルも一緒に無くなってしまう」と発言していて、とても嬉しく思った。坂口安吾が大好きという人でも、坂口安吾を見出した牧野信一のことは知らなかったりする。残念でならない。

断片、未完成

3種類目の短編は、断片だったり、未完だったりする小説だ。そのせいで短いという。

これはなんらかの事情で作者が完成させられなくなった場合、原稿の一部が紛失した場合、もともと完成したかたちがありえないものなど、いろいろある。

私がいちばん好きなのは、この3種類目だ。完成度という点では、当然、劣る面がある。しかし、それを補って余りある未完の魅力というものに惹（ひ）かれる。

『絶望図書館』（ちくま文庫）というアンソロジーにも収録したが、「何ごとも前ぶれなしには起こらない」というキャサリン・マンスフィールドの短編。妻と息子と3人の平穏な生活を送っている男が、雨の日に窓の外を見ていて、家の外に自分がいることに気づく。すると妻も子どもも、自分とは関係がないように思えてくる。思いは自分の子ども時代に遡（さかのぼ）り、母親が夜中に部屋に入ってきて、「お父さんに毒を飲ませた」と言う。未完なので謎が残されたままなのだが、むしろそのせいで、ものすごくゆさぶられる。

ロダンのトルソ形式（あえて首や手足などの部分を取り除く手法）のように、小説家も、あえて未完の作品を書くということを、もっとやってもいいのではないかと思う。

断片的な作品というと、カフカが有名だろう。数行の作品も多々あるし、たった一行、一文のものも。もちろんそれは、カフカが自分の創作ノートや日記などに書きつけたものだからで、作品というよりはメモに近いのかもしれない。しかし、長編もすべて未完であるカフカは、もともと完成にはあまり縁がなく、むしろ未完、断片こそが本質的だ。

そして、どんなに短い作品でも、そこには強烈なイメージがある。

先の対談でやはり大江健三郎が「カフカは、イメージの世界に関するかぎり、まったくつねに完成している作家ですね」と発言しているが、これも本当にその通りだなあと思う。

たとえば、こんな一文。

「鳥籠が鳥を探しにいった」

自由律俳句のようでもある。

割れた瀬戸物の破片のようなつもりで、もっと大きな全体を想像してみることもできるし、これ自体にすべてが込められていると読むこともできる。

私は、自分のことのようだと思った。健康という鳥が逃げてしまって、鳥のいない鳥籠となってしまった私は、もうつかまえようがない鳥をずっと探している。

もちろん、カフカはそんなつもりで書いてはいない。でも、他にも何百通り、何千通りの、そういう勝手で切実な読み方ができるだろう。それが断片の魅力だ。

まだまだつづけたいところだが、このエッセイも未完で終わりたいと思う。

世の中
こんなものと
あきらめ
られますか？

世の中は、甘くなくて、裏があって、汚くて……。
それはそうなのかもしれません。
でも、世の中は、やさしくて、真っ当で、きれいで……、
と言ってみたくありませんか?
それが現実でも、おかしくはないと思うんです。

能力のある人がちゃんと評価されれば、それでいいのか？

生きづらさへの共感

男性社会の中で、生きづらさを感じている女性が、その状況をなんとかしようともがき、はねのける。そういう映画がよくある。

私は男性だが、そういう映画を見るのがとても好きだ。女性に理解のある立派な男性というわけではない。女性の大変さについては、本当にはわかっていないと思う。

ただ、私は、健常者社会の中で、生きづらさを感じている病人だ。健常者のときはまったく気づかなかったが、病人になってみてはじめて、この社会が健常者に合わせて作られていて、健常者にとっては意識もしない自動ドアが、健常者でなくなると立ちふさがる壁になることを痛感した。

だから、男性社会で苦労している女性に共感してしまうのだろう。もちろん、女性であることと、病人であることには、大きなちがいがある。しかし、重なり合うところも多いのだ。

たとえば、「男だって生きるのは大変なんだ。女なんか、男に守られていて、いいご身分だよ」などと言う男が出てきたりする。これは「健康だって生きるのは大変なんだよ。病人や障害者はいろいろ優遇されていて、けっこうなご身分だよ」と言われてしまうのと、すごく似ている。だから、ムカつく女性に共感せずにはいられない。

能力のない女性はどうなるのか？

ただ、そういう映画を何本も見ていると、だんだん気になってくることがある。

そういう映画の多くは「男性以上に能力の高い女性が、女性であるがゆえに評価されず、ふさわしい社会的地位を与えられない」という状況が描かれている。そして、「女性であっても、その能力を正当に評価される」ことが、ハッピーエンドとなる。

それの何が気になるのかというと、「能力のない女性はどうなるのか？」ということだ。

漫画の『大奥』（よしながふみ、白泉社）みたいに、もし男女が逆転した世の中だったとして、「女性社会の中で、能力の高い男性がちゃんと認めてもらえるようになる」という映画を見て、はたして私は、「これこそ理想の世の中だ！」と思えるだろうか？

私だったら、「男性の能力がちゃんと評価されるようになっても、私は能力がないから、これまで通り、しいたげられたままだ」と、そこでもなおとりこぼされてしまうことに、深い悲しみを感じてしまうだろう。

「能力が高い人はちゃんと評価されるべき」というメッセージ

もちろん、男性社会における女性差別を描くときに、男性以上に能力が高くても認めてもらえない女性という構図は、とてもわかりやすい。「ああ、それは差別だな」と、誰でもすぐに理解できる。

それに、能力の高い女性が認められて、女性の社会進出が進めば、男性社会の偏り（かたよ）がそれだけ緩和（かんわ）され、能力のない女性にとっても暮らしやすくなっていくはずだ。

だから、どこも間違っていない。

ただ、こういう映画は、「女性を差別するのはおかしい」というメッセージと同時に、「能力が高い人はちゃんと評価されるべき」というメッセージも発してしまっている。

そして、能力によって人を序列化することに、意識的にではないが、一役買ってしまっているのだ。

つまり、「男女という性別に関係なく、能力がちゃんと評価される」＝「能力のあるなしで社会的地位が決まる社会」を、よしとしてしまっているところがある。


これが「顔」だったらどうだろう？


もちろん、いろんな問題を、ひとつの作品であつかうことには無理がある。女性差別がテーマの映画で、能力主義の問題まであつかったら、ややこしくなって、無理が生じるだろう。

それはそうなのだが、じゃあ、これが「能力」ではなく「顔」だったらどうだろうか？

ある差別されている人たちがいて、とても美人／イケメンなのに、評価してもらえない。それをがんばって、ちゃんと顔の美しさで評価してもらえるようになる、という差別反対の映画があったとして、素直に感動できるだろうか？

「顔のよしあしで評価って、どうなの？」と思ってしまわないだろうか？

顔で人を評価することのためらい

今の世の中では、美人やイケメンは、大変に高く評価される。だから、少しでも美しくなりたいと、多くの人が努力していて、ダイエットをしたり、メイクの腕を磨いたり、行き過ぎると、拒食症になったり、整形手術がやめられなくなったりすることもある。

人が外見によって評価されて、外見が劣ると「ただし、イケメンに限る」などと不利益をこうむるのは、まぎれもない事実だ。

しかし、それでも、「顔で人を評価するのはいけない」と多くの人が思っている。そう口に出して言うこともできる。

顔で人を判断してしまう人でも、心の中に（本当はこういうことはよくないんだけど）という、ためらいを持っている。

これは大変なちがいだと思うのだ。

「能力」の場合は、こういう〝ためらい〟がない。

「人を能力で評価してはいけない」と多くの人が思ったりしていない。

これはとてもおそろしいことだと思う。

もし本当に全員が能力順に並べられたら……

能力というのは、ちゃんと測るのが難しい。だから、男女差別に限らず、能力があるのに正当に評価されないということは、よくある。

それでつい、能力がちゃんと正当に評価されることばかりを願ってしまう。

しかし、もし本当に、全員が能力順に並べられたりしたら、そんな世の中に耐えられる人は少ないだろう。もう「オレは正当に評価されていない！」と世の中を恨むことすらできないのだ。

映画『ガタカ』で、それに近い世界が描かれている。優れた遺伝子を持つ人間が社会の上位に立つ社会だ。能力の高さが、科学的に実証されているのだから、文句のつけようがない。

でも、本当に文句のつけようがないだろうか？

能力の高さだけで人が評価されるのは、本当はおかしい。人間には、能力以外にも、さまざまな魅力がある。なんでもできるハイスペックな人だけど魅力がないという人もいるし、なんの取り柄もないけど魅力たっぷりという人もいる。

いや、魅力のあるなしで判断するのも、同じく問題ありだ。

能力で人を判断することに「ためらい」がほしい

じゃあ、どうしたらいいのか？

能力が正当に評価されないのは、いいことではない。

だから、能力がある人をちゃんと評価することをよしとする風潮に反対することはできない。

でも、そこに「ためらい」がほしいのだ。

「能力で人を評価するのはあたりまえ」「当然のことで、なにも問題ない」と決めつけずに、少しだけでも、ためらってほしい。

顔で人を評価するときと同じように。

人を美人とかイケメンで評価してしまうときに、心に持ってしまう「ためらい」。

それを、能力で人を評価するときにも、持ってほしい。

それだけでも、ずいぶんちがうと思うから。

蛇足（だそく）だが

能力というのは美しい。

私はサッカーが好きで、メッシの大ファンなのだが、それもやはりメッシのプレーが素晴らしいからだ。

メッシは世界中で愛されている。子どもから大人まで。

もし、メッシにサッカーの能力がなかったら、これほど愛されることはないだろう。

しかし、メッシがこれほど愛されているのは、サッカーの能力だけが理由かと言えば、それもまたちがう。

メッシの人柄、生き方、家族への接し方、寄付などの活動、そんなさまざまなことも、メッシが愛される理由となっている。

もしメッシの人柄がぜんぜんちがっていたら、人気の質もちがっていたはずだ。少なくとも私は好きになっていないだろう。他にもそういう人は少なくないはずだ。

能力は美しいし、人を惹きつける。それはたしかだ。

しかし、綺麗事ではなく、実際に、人は人を能力だけで評価しているわけではない。

それもまた、たしかだと思うのだ。

金、銀、銅、釘のお尻

自然動物番組を見ていて、熊が川で魚をとっていて、取り逃がしたとき、いっしょに見ていた人が「ああっ」と声をあげた。「逃げられてよかったね」と私が言うと、「えっ?」と怪訝（けげん）そうにされた。熊のほうの立場で見ていて、魚をつかまえそこなって残念と思ったらしい。アリクイが蟻を食べているシーンでも、「これはきついね」と私が言うと、相手は「蟻なんか食べたくないよね」と言って、私が「えっ?」となった。私は蟻の側だったからだ。

洗面台のところに小さな虫がいた。気をつけないと、水のはねが飛んで、排水口に流してしまいそうだった。洗面所を出ると、ちょうど入ろうとした人がいたので、「洗面台に小さな虫がいるから気をつけて」と言うと、「ありがとう」とうれしそうにされた。「えっ?」と私が言うと、相手も驚いて「わたしの心配ではなく、虫の心配なのね」とあきれられた。

　どうしても、捕食される側、負ける側、弱い側が気になってしまう。社会の中で自分がそちら側だからだろう。あと、みんながそちら側を気にしなさすぎるという気持ちもある。人間はどうしても強いほうに感情移入しやすいのかもしれない。でも、じつは弱い側にこそ、陰影に富んださまざまな物語があり、強さにはない魅力がある。たとえば、足の丈夫な人が街を歩いても何事も起こらないが、足を怪我(けが)している人が歩けば、段差に阻(はば)まれたり、でこぼこに苦労したり、人に冷たくされたり助けてもらったり、そこにはさまざまな出来事や感情が巻き起こる。弱さとは、より敏感に世界を感じることでもある。そこが見逃されがちで残念だ。

　以前、カフカの絶望の名言集を出したとき、スポーツ選手やトレーナーなどの方々から、けっこう反響があった。これは意外だった。カフカは「ぼくは、ぼくの知っている最も痩(や)せた男です」「腕の筋肉は、ぼくにとってなんと縁遠い存在だろう」などと書く人だ。

　しかし、そういう方々からの感想を読んでいて、なるほどと思った。オリンピックのような世界最高を競う大会でも、それぞれの競技の金銀銅の選手以外は、驚くほど注目されない。スポットライトの当たるところと当たらないところの差が激しい。オリンピックで初めて顔を知られ、負ければたちまち忘れられてしまうことも少なくない。
負けた選手にかける言葉は難しいという。「あきらめなければ必ず夢はかなう」と励ましてきた選手が、夢破れたとき、いったいどんな言葉をかければいいというのか。「夢をさ、叶(かな)えるのってすごい難しいのは最初から分かってたけどさ……夢を諦(あきら)めるのって、こんなに難しいの？」という映画『ばしゃ馬さんとビッグマウス』の言葉が思い出される。

私のような文筆業で、もしそれぞれのジャンルで上位3人くらいしか陽があたらなかったらと考えると、ぞっとする。エリートサラリーマンと言われる人たちだって、それぞれの分野で上位3人なんてことはなく、もっともっと多くの人が賞賛を浴びているだろう。

古今亭志ん生(ここんていしんしょう)の「あくび指南」という落語の枕に、耳掃除屋が出てくる。上中下とあって、上は金の耳かき、中は象牙(ぞうげ)の耳かき。「いちっぱん安いのはなんだい？」「釘のお尻で」

あんまり落差があると、耳も人もたまったものではない。

「感謝がたりない」は、なぜこわいのか？

美しいやりとり

人に親切にしてもらったら、きちんとお礼を言いましょう。

長い間、この教えに疑問を持ったことはなかった。

AがBに親切にする。BがAに「ありがとうございます」と感謝の気持ちを表す。それをAが「いいんだよ」と笑顔で受けとめる。

これほど美しいやりとりはないと思っていた。

今だって、美しいと思う。

親切にされたほうは、「ああいう親切な人も世の中にいる」ということが、生きていく上での支えになるかもしれない。

親切にしたほうも、そういうときの「ありがとうございます」のひと言と相手の嬉しそうな顔が、ずっと心をあたためてくれるかもしれない。

美しいやりとりが、こわいやりとりに

ただこれが、「親切にしてもらったのに、きちんとお礼を言わないのはよくない」という言い方になってくると、ちょっとこわくなってくる。

さらに、「きちんとお礼を言わない人には、親切にする必要はない」とまでエスカレートしてくると、かなりこわい。

どうこわいのかというと、たとえば、難民キャンプにボランティアに行って、Twitter（現X）で、

感謝の言葉をちゃんと言えない子には、食べ物をあげない。

とツイートしている人がいた。
美しいやりとりのはずが、すごくこわいやりとりになってしまっている。

死んだのは自業自得

アニメ映画『火垂(ほた)るの墓』では、戦争で両親を亡くし、家も失って、戦災孤児となった、14歳の兄と4歳の妹が、親戚の家の世話になる。
その兄について、

——お礼を言ったり感謝したりするシーンがない。——

ということをツイートした人がいて、大きな話題になった。
兄妹はけっきょく家を出て、栄養失調で死んでしまう。
そのことについて、このツイートへのリプライで、

——あの二人が死んだのは自業自得——

お礼もできないんじゃ誰も助けてくれなくて当然

というようなことを書き込んでいる人がたくさんいた。

2人が死んでしまったことを、悲しんでおらず、むしろ溜飲（りゅういん）を下げている。

エスカレートが起きてしまう

「こういう人たちは、ひどい人たちだ」と別枠にしてすむ話ではないと思う。

難民キャンプにボランティアに行った人は、ともかくボランティアに行くという素晴らしい行動をとっているのだ。行かずにごちゃごちゃ言っている私なんかより、はるかに立派な人だ。

問題は、そんな立派な人の心の中でも、こういうエスカレートが起きてしまうということだ。

ボランティアをしたり、人に親切にしようとするとき、最初は、相手へのやさしい気持ちがある。目の前で困っていたら、助けてあげたいという、人間の自然な気持ちだ。目の前で誰かが転けたら、反射的に手をさしのべてしまう。それが人間というもので、人間の美しい心だ。

ところが、その相手がお礼を言わなかったり、感謝の気持ちを示さなかったりすると、不快を感じてしまう。

そして、その不快のせいで、「こんな人はひどいめにあえばいい」と思ってしまう。

そして、実際にひどいめにあうと、「自業自得だ」と溜飲を下げる。助けようとしたはずの相手に、逆に攻撃的になってしまう。

美しいことが、なぜか自然な流れで、ホラーになってしまうのだ。

「ありがとうは？」というホラー

実際、『ありがとうは？』というようなタイトルで、ホラー映画を作ることも可能だと思う。

主人公は、ある困った状況におちいっている。

親切な人がそれを助けてくれる。

主人公は大喜びし、とても感謝する。

しかし、それで終わらなかった。

相手はいつまでも感謝を求める。主人公も、一生の恩だと思っているし、深く感謝しているから、できるだけ感謝を示しつづけようと努力する。

しかし、どう感謝をしても、「感謝がたりない」と、さらに求められてしまう。何か恩返しを求められるわけではない。それならなんでもするのに。そうではなく、感謝の「気持ち」を求められる。しかし、あんまり求められつづけると、水を汲みすぎた井戸のように感情が涸れてきてしまう。感謝の気持ちだけでなく、あらゆる感情まで失われていく。感謝疲れを起こして、ひからびて、すっからかんになる。しかし、そうすると、ますます感謝の気持ちがたりないと言われてしまう。悪循環だ。

このつらさは、経験していない人にはなかなかわからないだろう。逆に、経験のある人なら、泣いて共感するだろう。

お金を借りるのに近いかもしれない。お金がなくて困っているときに、むこうから「どうぞ」とお金を貸してくれる。そりゃあ嬉しい。助かる。ちゃんと返すつもりだ。ところが、「感謝」という利息の取り立てが始まる。この感謝の借金取りの取り立てが厳しい。しかも利息がどんどん増えていく。利息だけでも返しきれなくなっていく。催促(そく)に疲れ、感謝どころではなくなってしまう。

主人公は「感謝がたりない」という言葉を聞いただけで、パニックを起こすようになる。

ついに遠くに逃げ出す。たとえ恩知らずとののしられようとも、もう逃げるしか生きる道はない。

しかし、ラストシーン、ようやく落ち着いた生活を取り戻しつつあった主人公のアパートのチャイムが鳴る。

ガチャリとドアを開けると、そこにはあの親切な人が立っていて、にっこり微笑む。

「ありがとうは?」

キャーッ! かなりこわくないだろうか?

くだらない作り話と思うかもしれないが、こういう実話は、じつはたくさんあるのだ。

だからこそ、私が「「感謝がたりない」というような言葉を聞くと、本当に許せない気持ちになる」とツイートしたとき、リツイートといいねを合わせて5千以上の反響があったのだ。「感謝がたりない」に苦しめられたことのある人は、決して少なくないということだ。

見返りを求めないことは可能か？

では、いったいどうしたらいいのか？

人に親切にするとき、見返りを求めるべきではないと言う人がいる。

これはとても立派な意見だが、現実に可能だろうか？


人にちょっと親切にしてあげた場合のことを、なるべくリアルに思い浮かべてみよう。

たとえば、電車の中で、席をゆずってあげた。

その相手が、何も言わず、ニコリともせずに座って、そのままだったとしたら、どう思うだろう？

（なんだよ、こいつ。お礼くらい言えよ。せめて笑顔くらい向けるべきだろ）と思ってしまわないだろうか？

そして、不愉快な気持ちになって、相手に腹を立ててしまわないだろうか？

（せっかくやさしい気持ちだったのに、こいつのせいで、すっかり不愉快な気分になってしまった）と、そのことにも腹が立つかもしれない。

あと、こちらの親切に対して、最初はお礼を言っていた人が、だんだんあたりまえのような感じになっていくと、やっぱり不愉快に思うかもしれない。

これもTwitter（現X）で教えてもらったが、よしながふみの『きのう何食べた？』（講談社）第8巻の第57話に、こういうセリフがある。

人間っちゅーのはねえ
たとえ初めは
見返りはいらないって
100％好意でやってる事でも
相手がそれを当然のよーに
何の感謝もせずに
受け取るようになったら
やっぱり不愉快なもんなの！

ほとんどの人が、それはそうだと思うのではないだろうか。

こうした気持ちを、まったく持たずに、ただ人に親切にするというのは、それこそ仏道の修行でもした人でもない限り、無理ではないかと思う。

「親切は、見返りを期待せずにすべき」とは言うものの、それは理想論で、ほとんどの人は、こうした気持ちを持つだろうし、それが自然だと思う。

そして、それほど問題のあることではない。

問題は、こういう気持ちは、だんだんエスカレートしていってしまいやすいということだ。ちょっとした不愉快だったはずなのに、いつの間にか、モンスターになってしまう。

では、そうならないよう、つねに気をつけているしかないのか？

小さなくすぶりが、大きな火事にならないよう、見守るように……。

ずっとそう思っていたのだが，じつはそうではなかった！

感謝が必要ない親切な世界

私は、お礼を言わない世界を体験したのだ。

しかも、それがまったく不愉快ではなかった。

不愉快でなかったどころか、そのほうがずっとよかった。

お礼を言い合う世界より、ずっと美しいと思った。

『ありがとうもごめんなさいもいらない森の民と暮らして人類学者が考えたこと』（奥野克巳、新潮文庫）という本があるが、私はこの著者のようにボルネオ島まで行ったわけではない。

日本国内の話だ。

初めて宮古島に行ったとき、飛行場に着いて、さあ荷物棚から手荷物を降ろそうというとき、私は少し離れた棚に荷物を入れていたので、通路から人がいなくなるまで、手が届かなかった。

なので、ただぼうっと立って待っていたのだが、そうすると見知らぬ男が、私の荷物をがしっとつかんだ。

荷物をとってくれる気なら、こちらに笑顔を向けたり、なんらかのサインを送るだろう。しかし、その男は無表情だし、こちらを見てもいない。まさか、目の前で盗む気なのか？　その男はとてもたくましかった。こっちはひょろひょろだ。それで強奪しようということなのか？

ところが、男は私の前まで来ると、その荷物を無造作に渡して、そのままさっさと飛行機を降りて行った。

私はしばらく茫然としてしまった。今のは、親切に荷物を取ってくれたということなのだろうか？　それにしては、ニコリともしないし、なんとも無造作だし、さっさと去って行ったのも「名乗るほどの者ではないので」というような照れとも思えない。


その後、宮古島に移住して、だんだんわかってきたが、むこうでは親切にするのがあたりまえなのだ。だから、いちいちお礼を言う必要はない。あたりまえのこととして、なんでもなく親切にし、なんでもなく親切を受ける。だから、その男の人も無表情で、そのまま去って行ったのだ。

お礼を言わなかったと私は気になったのだが、そんなことを気にする必要はまったくなかったのだ。

宮古島ではお年寄りを大切にするから、お年寄りへの親切はとくに当然のことで、お年寄りもいちいちお礼は言わない。当然のこととして親切を受け入れる。そうすると、ものたりなく思ったり、不快に思ったりするかというと、ぜんぜんそんなことはないのだ。

親切にするのがあたりまえで、お礼も言わないのがあたりまえだから、かえってどんどん親切にできる。相手が恐縮しないからだ。

自分も平気で親切を受け入れられるようになってくる。「人の世話になるのは申し訳ない」というような、精神的な負担を感じなくてすむからだ。

これは本当に素晴らしいと思った。これこそ、本当に美しいと。

久しぶりの東京の電車で

久しぶりに東京に戻ったとき、羽田から自宅に向かう電車の中で、私はすでにとても違和感をおぼえていた。

あちこちで、「すみません」とか「ありがとうございます」とか言っているのだ。（東京はこんなだったっけ？）と私は不思議に思ったほどだ。前はごく普通のことで気にもとめていなかったのだろうが、宮古島になれた身には、すごく変な文化に思えた。

私もお年寄りに席をゆずった。するとお年寄りは、笑顔を向けてお礼を言って座り、座ってからまたお礼を言って頭を下げ、降りる駅で立ち上がるときにまたお礼を言い、さらにお礼を言って降りて行った。

親切にして、相手がお礼を言ってくれて、美しいやりとりだ、と私は感じただろうか？

いや、まったくそうは感じなかった。なんでこんなに何度もお礼を言わなければならないのか、無惨に感じた。

親切にするのがあたりまえで、お礼を言うこともなく、お礼を言われたいと思うこともないほうが、はるかに美しく、なにより気持ちがいい。

エスカレートしない

そして、「親切にするのがあたりまえで、感謝が必要ない」という状況の場合、エスカレートするということがない。

ボランティアに行って「感謝する子にはあげない」と言い出すようなことはありえない。

「感謝するような人間は、ひどいめにあって当然」と思うようになったりしない。

「感謝がたりない」と責め立てることもありえない。

怪物の育ちようがないのだ。

そういう世界もありうる、ということを

日本中に「親切にするのがあたりまえで、感謝は必要ない」というルールを広めるのは難しいかもしれない。

しかし、そういう世界もありうるし、そのほうが快適に生きていけるということは、心のどこかで知っておいてほしいと思う。

「かわいそう」は貴(とうと)い

『僕とオトウト』という映画を見た。大学生の兄が、知的障害のある弟との関係を撮ったドキュメンタリーだ。兄は弟に好きなことをさせてやりたいと願うが、大きな望みを持つことができない弟に、せつなさを感じる。そのことをプロデューサーからこう指摘される。「好きなことをやらせてやろうっていう考え方が、一段高みから見てる感じがする。かわいそうだとか、気の毒だから、こうしてやりたいって思いがあるんじゃないのか。だから「せつない」とか、そんな言葉が落ちてくる」

兄は自分の気持ちを吐露する。「せつないとか、かなしいとか、かわいそうっていうのが、差別にあたることかもしれないというのは、自分の中にもあるし、人から言われたこともあるんですけど、でも、さみしいもんはさみしいし、かなしいもんはかなしいし、せつないもんはせつないんですよ。ダメとかダメじゃないとか、視点がちがうとか、そんなの知らねえよって」

ここが、すごくよかった。

「障害の社会モデル」という考え方がある。世の中が多数者に合わせて作られているから、少数者は障害者になってしまう。たとえば、目が見えない人のほうが圧倒的多数だったら、世の中は目が見えない人に便利なように作られる。目の見える人は、照明がほとんどなくて真っ暗だったりして、不自由な生活を送ることになり、「目が見える」という障害者になる。落語「一眼国（いちがんこく）」では、2つ目のある人間が見せ物にされるのだ。

その観点から言うと、障害者はかわいそうなわけではなく、かわいそうにされている。むしろ「かわいそうではない」ことに気づくことのほうが大切だ。そして、かわいそうではない社会に変えていく。

しかし、自然にわいてくる「かわいそう」という気持ちを、ただ否定していいのか？

60年代のテレビドラマ「記念樹」のフィルムが発見されDVD化された。若き山田太一が書いた回で、児童養護施設出身の青年（石立鉄男（いしだてつお））がゴルフ場のキャディーをしていて、アメリカ兵のロジャーから、たくさんの食べ物や菓子や日用品をもらう。それを仲間の男が非難する。同情されて、物をもらって、喜んでいるなんて、なさけない。自分だったら、受け取らないと。それに対して青年はこう言う。「人の親切ってものはな、もっと大事なものなんだ。そういう親切のおかげで、俺は生きてこられたんだ。（中略）他人の親切がなきゃ、一日だって生きちゃこられなかったんだ。（中略）あわれみは受けたくねえ、あまりもんなんかニコニコしたくねえなんて、粋がって言えるおまえは幸せだよ。俺はロジャーさんの親切がとても嬉しいよ。多少、俺の自尊心が傷ついたって、ロジャーさんの気持ちを傷つけるわけにいかないんだ」

　これを聞いて、泣いてしまった。私も難病で長く闘病生活をしていて、人の親切がなければ生きてこられなかった。

「障害者はかわいそうではない」という認識は大切だし、社会を変えていかなければならないのはもちろんだ。しかし、まだ変わっていない社会にあって、同情してくれる人の存在はとても貴い。そういう人がいなければ、現状、生きていけないし、世の中も変わっていかないだろう。「かわいそう」や同情をよくないこととしてしまっては、そういう人たちの気持ちも行動も萎縮してしまうのではないだろうか。それが心配なのだ。

どんな事情があるかわからない

「食べ物を大切に」は絶対的に正しいけれど

ある飲食店が「ご注文後にお食事の写真撮影をされた後、食べずにお帰りになるのは控えてください」とＳＮＳに投稿して、話題になったことがある。

それに対する反響は、私が目にした範囲では、大半がそういう客を非難していた。

たしかに、食べ物は大切にすべきだし、最初から食べないつもりで注文するのはよくないし、「お金を払えばどうしたっていいはずだ」というのはちがうと思う。

ただ、そういうお客のなかにも、どんな事情を抱えた人がいるかわからないと思うのだ。

私はつい、こう投稿してしまった。


お店側の気持ちもわかるけど、お客にどんな事情があったかわからない。

たとえば、幼い子どもが潰瘍(かいよう)性大腸炎になり、大好きだったケーキをもう食べられない。せめて写真をと頼まれた母親は、撮影後、子どもが食べられないものを食べることはどうしてもできなかった……


すると、「なんでそこまで想像しないといけない」「SNS投稿に決まっているだろうが」「事情があったとしても、それをお店に伝えるべき」「せめて事情を書いた手紙を残すとか」というような反響があった。いずれも、もっともな意見だ。

ただ、説明って、そんなにできるだろうか? 説明できないこともたくさんある。説明したくないこともある。説明してもわかってもらえないこともある。説明というものに期待しすぎだとも思う。

そして、具体的な想像は無理だとしても、「何か事情があるかも」ということは考えてみてもいいのではないだろうか? そして、すぐに非難せずに、ちょっとためらってもいいのではないだろうか?

非難してしまうと、ただでさえ特殊な事情があって追いつめられている人を、さらに追いつめることになりかねない。

犬の空中散歩と映画館のスマホ

じつは、私にも反省していることがある。

犬を散歩させるのに、だっこしている人がけっこういる。犬は空中で足をばたばたさせていて、空中散歩だ。

それで散歩になるのかと、正直、いいことではないなあと思っていたのだ。

ところが、「その年、私たちは」という韓国ドラマを見ていたら、犬を散歩させるのに、だっこしたり乳母車に乗せたりする人が出てきた。

そして、それにはじつは理由があることが後でわかる（どういう理由なのかというネタバレはやめておく）。

これを見て、私は深く反省した。「人の言動が変でも、じつはどんな事情があるかわからない」とあらためて思った。

人はつい「ありそうなこと」だけで判断してしまう。しかし、ありそうもないことを、相手が抱えている場合もある。

かなり前だが、映画館で、映画の上映中にスマホをいじる人がいて迷惑だと話題になったことがある。

そのとき、聴覚障害のある人が「スマホで字幕ガイド／音声ガイドのアプリを使っているんです」と書いていた。

私も知らなかったので、そうなのかと初めて得心した。

こういうのは不思議なもので、事情がわかると腹が立たなくなるし、そうなるとスマホをいじっているのも気にならなくなって、映画に集中できる。

でないと、腹が立って、スマホの光が気になって、映画に集中できなかったりするわけだが。

人は「自分だったら、決してこういうことはしない」ということを他人がしていると、とても腹が立つ。

そのとき、「相手には特別な事情があるかも」ということに、なかなか思いがいたらない。

「ささやかだけれど、役にたつこと」

そのいきちがいがとても印象的な短編小説に、レイモンド・カーヴァーの「ささやかだけれど、役にたつこと」がある。村上春樹訳の『大聖堂』（中央公論新社）という短編集に入っている。こちらはもう古典的な作品なので、内容を紹介させていただく。

あるパン屋が、子どものバースデイ・ケーキの注文を受ける。パン屋は期日通りにちゃんとケーキを作るが、注文した母親が受け取りにこない。電話をしても、父親が出て「おい、何の話をしているんだ？」と言って、電話をガチャンと切られる。パン屋はまた電話をし、今度は母親が電話に出るが、それでも話がかみ合わない。

パン屋は頭に来て、何度も電話をかけるようになる。「あの子のことを忘れたのかい？」と問いただすが、母親から「この悪魔！　どうしてこんな酷いことをするの？」と逆にののしられる。

じつは、子どもは交通事故にあって、危篤状態だったのだ。そして、ついに亡くなってしまう。もちろん、誕生日どころではなく、バースデイ・ケーキを注文したことなど思い出す余裕もない。

そこに、誰とも知れない相手から、何度も何度も電話がかかってくる。そして、「あの子のことを忘れたのかい?」などと言われる。「この悪魔! どうしてこんな酷いことをするの?」と母親がののしるのも無理はなかったのだ。

注文したケーキを受け取りにこないことにパン屋が腹を立てるのも無理はない。バースデイ・ケーキだから、他の客に売ることもできない。しかし、相手にもどんな事情があるかわからないのだ。そして、非難してしまうことで、つらい状況にある相手をさらに苦しめることになってしまう場合もある。

「もしかすると、何か事情があるかも」と
思うだけでも

この短編では、最後に、子どもの両親がパン屋を訪れ、パン屋も事情を知る。そして、焼き立てのロールパンを食べながら、3人でずっと語り合う。

現実には、こういう和解はなかなかないだろう。この短編が最初に発表されたとき、編集者はこの和解のシーンをカットした。たしかに、多くの場合、腹を立てたほうはずっと腹を立てつづけ、事情のあるほうは非難されつづけ苦しみつづける。

相手の事情を知る機会はほとんどの場合ない。想像することも難しい。説明されても、理解できないかもしれない。

しかし、それでも、「もしかすると、何か事情があるかも」と思うことはできる。

そう思えれば、腹も立たなくなるものだ。非難したくもなくなるものだ。

誰かが「許せない」と思うことをしたときには、ちょっとこのことを思い出してみてほしい。

愛をちょっぴり少なめに、ありふれた親切をちょっぴり多めに

少年からの手紙

カート・ヴォネガットという作家のもとに、ある日、ファンの少年から手紙が届いた。

そこには、こう書いてあった。

ぼくはあなたの小説のほとんどを読みつくしたので、あなたの作品の核心をつかんだと。


カート・ヴォネガットは、アメリカの作家。

代表的な小説に『タイタンの妖女』『猫のゆりかご』『スローターハウス5』などがある。

タイムトラベルとか、SFの設定をよく用いた人で、ユーモアがあって、でもシニカルで、魅力的な作品を描く作家だ。

「20世紀アメリカ人作家の中で最も広く影響を与えた人物」とも言われる。

1922年の生まれ。同じ年に生まれた日本人は、水木しげる、瀬戸内寂聴、丹波哲郎など。

「愛は負けても、親切は勝つ」

さて、少年がつかんだ「ヴォネガットの作品の核心」とは？

手紙には、こう書いてあった。

愛は負けても、親切は勝つ

これを読んで、ヴォネガットはどう思ったのか？

なるほどと納得してしまったのだ。

なにもあんなにたくさんの本を書く必要はなかった。たった十四字の電文で、ことは足りたのだ。

これは『ジェイルバード』（ハヤカワ文庫）という小説のプロローグに出てくるエピソードだ。翻訳は浅倉久志。

本当にあったことなのか、ヴォネガットの作り話なのか、それはわからない。どちらにしても、この短い言葉が、ヴォネガットにとって重要であることは間違いない。

でも、この14字だけでは、やっぱり意味がよくわからない。

「愛は負けても、親切は勝つ」

どういうことなのだろうか？

「わたしが知る唯一のルールというのはだね」

ヴォネガットは来日して、日本の作家の大江健三郎と対談したときに、「人間として何が最も重要と思うか?」と問われて、「Decency(ディーセンシー)」と答えている。「Decency」は日本語に置き換えにくいが、浅倉久志は「親切」と訳している。ヴォネガットは「Decency」を、「愛よりは少し軽いもの」「人に対して寛容で相手を尊重すること」と説明しているから、「親切」という訳は適切ではないかと思う。

ヴォネガットは、大学の卒業式でスピーチを頼まれたときにも、これから社会に出て行く若者たちに向かって、こう言っている。

――

わたしが知る唯一のルールというのはだね――人に親切にしなさいってことだ

――

これは『これで駄目なら』(飛鳥新社)という本に載っている。翻訳は円城塔(えんじょうとう)。

他の作品でも、ヴォネガットは、親切が大切ということを書いている。

まあ、親切が大切というのは、わかりやすい。

反対する人はそんなにいないだろうし、たいていの人は納得できるだろう。

ただ、前半の「愛は負けても」というのが、わかりにくい。

「愛は負けても、親切は勝つ」という言葉は、愛は負けるかもしれないという絶望を踏まえているところが、ミソだろう。

それはいったいどういうことなのか？


愛より、親切を上に置いているところも意外だ。

愛は何よりも大切と、多くの人が言っている。愛が世界を救うというような言葉もたくさんある。

愛は難しい

しかし一方で、愛の名のもとに、たくさんのいさかいや争いも起きる。

三角関係や不倫というような恋愛関係の問題はもちろんのこと、神さまへの愛で宗教戦争が起きたり、愛国心によって戦争が起きたり。

愛は強いものであるだけに、逆向きに作用したときには、大きな悲惨を生み出してしまうことがある。

親の愛のように、美しい愛情と言われるものでも、子どもにとっては、重荷になったり、呪いになったりすることもある。

愛は難しい。

「愛すればそれで解決」というわけには、なかなかいかない。そこに愛の悲しみもある。

そして、難しいからこそ、愛は尊いのだろう。

また、人を愛したほうがいいとわかっていても、愛するのは難しい。

人類愛に満ちている人でも、いざ目の前にいる一人の人間となると、どうしようもなく嫌いで愛せない、ということもある。

たとえば、嫌いな上司ひとりを愛するのだって、どれほど難しいか。

「愛よりは少し軽いもの」

その点、親切なら、まだできる。

愛することは難しいが、親切にすることは、それよりは簡単だ。

嫌いな相手にすら、多少の親切くらいなら、まだしもできなくはない。

ヴォネガットは、親切を、「愛よりは少し軽いもの」と言っているわけだが、この「軽い」ということが重要なわけだ。

だからこそ、なんとかできるし、より現実的なのだ。

そして、ちょっとした親切が、相手の一日をどれほど明るくするかしれない。

世の中には、誰にも愛されない人がいる。

親もなく、子もなく、恋人もなく、配偶者もなく、友達もなければ、自分を愛してくれる人はいない。

これはとてもつらいことだ。

苦しいのは……誰からも愛されぬことに耐えることよ。

遠藤周作『わたしが・棄てた・女』講談社文庫

かわいそうだと思っても、じゃあ、あなたがその人を本気で愛してあげられるかといったら、難しいだろう。

でも、親切にするくらいのことだったらできる。

その親切は、たかが親切だが、されど親切で、とてもかけがえない。

私は難病になったことで、そうした親切がいかにありがたいものか、身にしみた。難病になっても、こうやって生きてきて、仕事もできているのは、親切な人たちがいてくれたからこそだ。

もし、人に愛されなくては生きていけないとしたら、これはとてもじゃない。生きていける気がまったくしない。

愛してくれなんてずうずうしいことを願う気持ちはないが、親切にはしてほしいと、すごく思う。

ヴォネガットの人生

愛が大切というような言い方に比べて、「愛は負けても、親切は勝つ」というヴォネガットの言い方は、すごく現実的だと思う。シビアなほどに。

きっと、かなりきつい体験をしてきた人なのではないかなと思ったら、やはりそうだった。

大学生のときに、ちょうど第二次世界大戦の最中で、ヴォネガットは陸軍に配属され、歩兵としてライフルを持たされて戦場に出される。そのことのショックもあって、彼の母親は、母の日に自殺してしまう。

ヴォネガットはドイツ軍にとらえられ、収容所に送られた。なんとか生き延びるが、味方の軍の空襲で死にかける。スローターハウス5という名前の地下の食肉倉庫にこもることで、なんとか助かっている。

戦争が終わって、サラリーマンになって、妻との間に3人の子どもができるが、姉夫婦が亡くなってその3人の子どもも引き取ることに。8人家族になり、生活は大変だった。

離婚して再婚もしている。そのとき、再婚相手の子どもも1人、引き取る。

なんとか一発当てようと、新しいネクタイを考えて、シャツ会社に売ろうとするが失敗。新しいゲームを考えようとして、これも失敗。自動車販売店を開くものの、これも失敗。

小説を発表するが、なかなか評価されなかった。ようやく評価されたのは47歳のときで、もう執筆をやめようとしていたときだった。

その後もいろいろと苦労していて、家が火事になって死にかけたりもしている。

そういう人が、人生でいちばん大切だと思うことは、「親切」だったわけだ。

ヴォネガットは『スラップスティック』（ハヤカワ文庫）という作品の中で、こう言っている。浅倉久志の訳。

> あなたがたがもし諍（いさか）いを起こしたときは、おたがいにこういってほしい。「どうか――愛をちょっぴり少なめに、ありふれた親切をちょっぴり多めに」

忘れないようにしたい言葉だ。

ちょっとオマケ

もうひとつ、私の好きなヴォネガットの言葉を。

ヴォネガットは、ブルースやジャズがとても好きだった。

ブルースは絶望を家の外に追い出すことはできないが、演奏すれば、その部屋の隅（すみ）に追いやることはできる。どうか、よく覚えておいてほしい。

『国のない男』金原瑞人（みずひと）訳、中公文庫

音楽で絶望を追い払えるとまで言ったら嘘になる。でも、「部屋の隅に追いやることはできる」。なるほど、それくらいなら、できるかもしれない。

愛せと言わず、親切にしろというヴォネガット。

絶望を追い出せと言わず、隅に追いやれというヴォネガット。

壮絶な人生に裏打ちされた、とても現実的な言葉は、なんとも味わい深い。

思いがけないことは好きですか？

「目からウロコ」という言葉がありますが、
私はそういう体験が大好きです。
物事の見方が、がらりと変わってしまうような体験。
そういう体験をさせてくれた人たちについて
書いたエッセイを集めてみました。
他人を通して世の中を見ると、
すごくちがって感じられて、びっくりです。

牛乳瓶でキスの練習

面白き事もなき世をおもしろく

幕末の志士、高杉晋作の辞世の句、

面白き事もなき世をおもしろく　住みなすものは心なりけり

はとても有名だ。

私も小学生のときに兄から教えてもらった。11歳年上の兄が、司馬遼太郎の『世に棲む日日』（文春文庫）を読んで、高杉晋作についていろいろ教えてくれた。船の操縦法などろくに知らないのに軍艦で夜襲したり、刺客に狙われたとき千両箱をひっくり返して大騒ぎを起こして逃げたり、子どもにも面白いエピソードがいっぱいだった（どこまで史実通りなのか知らないが）。

中でも印象的だったのが、やはりこの辞世の句だ。

『世に棲む日日（四）』には、こうある。

晋作はずっと昏睡（こんすい）状態にあったが、夜がまだ明けぬころ、不意に瞼（まぶた）をあげてあたりを見た。意識が濁っていないことが、たれの目にもわかった。晋作は、筆を要求した。枕頭（ちんとう）にいた野村望東尼（ぼうとうに）が紙を晋作の顔のそばにもってゆき、筆をもたせた。

晋作は辞世の歌を書くつもりであった。ちょっと考え、やがてみみずが這（は）うような力のない文字で、書きはじめた。

おもしろき　こともなき世を

おもしろく

とまで書いたが、力が尽き、筆をおとしてしまった。晋作にすれば本来おもしろからぬ世の中をずいぶん面白くすごしてきた。もはやなんの悔いもない、というつもりであったろうが、望東尼は、晋作のこの尻きれとんぼの辞世に下の句をつけてやらねばならないとおもい、

「すみなすものは　心なりけり」

と書き、晋作の顔の上にかざした。望東尼の下の句は変に道歌めいていて晋作の好みらしくはなかった。しかし晋作はいま一度目をひらいて、

「……面白いのう」

と微笑し、ふたたび昏睡状態に入り、ほどなく脈が絶えた。

一坂太郎の『司馬遼太郎が描かなかった幕末　松陰・龍馬・晋作の実像』（集英社新書）によると、これは本当は辞世の句ではないそうだ。亡くなる前年の作らしい。また、「面白き事もなき世をおもしろく」の「を」も「に」が正しく、「面白き事もなき世におもしろく」なのだそうだ。

しかし、一坂太郎も書いているように、「数ある晋作の詩歌の中から、これを「辞世」として引っ張り出した者のセンスには非凡なものを感じる」。

「に」を「を」にしたのにも、同じことを感じる。

「すべては自分の気持ち次第」なんて言うはずはない

とにかく素晴らしい言葉で、私は大好きなのだが、じゃあ、どういう意味なのか？ となると、もやもやして、今ひとつはっきりつかめなかった。

「自分の気持ちの持ちようで、世の中はいくらでも楽しく明るいものに感じられる」などと、ポジティブシンキングの言葉として解釈されることも多い。それは間違いとは言えないが、どうもなにか明るすぎるほうにズレている気がする。

たとえば、悪政でみんなが苦しんでいるときに、「自分の気持ちの持ちようで、世の中はいくらでも楽しく明るいものに感じられる」なんて考え方でいいわけがないし、世の中を変えようと命がけで奮闘した高杉晋作が、そんなことを言うはずがない。

では、どういう意味なのか？

中学のときのキス騒動

中学生のときに、こんなことがあった。

クラスのある女子が、私と、私の友達のYに、「キスさせてあげる」と言ったのだ。

1週間後に、ということだった。

それから1週間、Yは大いに盛り上がって、昼休みに牛乳瓶で熱心にキスの練習をしていた。

そばで見ているほうは気持ちわるくてしかたない。だいいち、あきらかにウソで、からかわれているだけなのだ。

私は「やめろ!」と言った。「本気にするなんて、バカだぞ!」

すると、Yはこう言ったのだ。

「本気にしなきゃ、面白くないだろ」


この言葉に、私は雷に打たれたようになった。

牛乳瓶をレロレロしている、アホとしか思えなかった姿が、急に光り輝いて見えた。

まさか、こんなことをしている男に感動させられるとは。

Yの言う通りだと思った。本気にしているYはこの1週間、とても楽しく過ごしている。それに対して、私はなんでもないただの普通の1週間を過ごしているだけだ。Yがあつあつのピザなら、私は冷めたピザだ。アホはこっちだった。

キスはやっぱりウソで、からかわれただけだった。私のほうが当たっていたわけだが、そんなことはあたりまえで、なんの自慢にもならない。

それ以来、私はすっかりYを尊敬するようになり、何事も冷めて考えずに、思いきり期待して楽しむようになった。

宝くじを買っても、どうせ当たらないなんて思わない。当たった場合の計画を、いつもすごく真剣に考えている。もし急にタイムトラベルしてしまった場合についても、よく考えている。

「本気にしなきゃ、面白くないだろ」

中学生のときには気づかなかったが、高杉晋作の言葉の真髄(しんずい)は、このYの「本気にし

なきゃ、面白くないだろ」にあるのではないだろうか?

高杉晋作も、他の人なら、「そんなこと、できるわけないだろ」ということに、本気で期待して動いていたのだから。

歴史上の偉人と、牛乳瓶レロレロ男をいっしょにするなと、怒る人もいるかもしれない。

しかし、海の潮の満ち引きという大きな現象を生み出すのも、鳥の糞が頭に落ちてくるのも、同じ引力によってだ。

大きなことにも小さなことにも、同じ法則が働いている。

私の中では、高杉晋作も、牛乳瓶のYも同じように輝いている。

行き止まりツアー

彼女をつくりたいと、知り合いが真剣に言いだした。彼は女友達がとても多い。なのに彼女ができない。結婚願望が強く、結婚後の先々のことまで綿密に計画を立ててあるのに、スタート地点の、彼女をつくるところで、なぜかつまずきつづけて、35歳も過ぎてしまった。これはまずいとあせりはじめた。

彼はイケメンで、経済的にも恵まれていて、高学歴で、趣味もよく、やさしく、話も面白いし、カクテルが作れて、チェロが弾けたりする。ほぼ欠点は見当たらない。女友達はたくさんいた。それなのに彼女ができない。

男らしさが足りないのでは――彼はそういう結論にたどり着いた。

男らしさを感じてもらうには、どうしたら？　「バイクの免許をとろうと思う」と彼は言いだした。その発想はずいぶん古風というか、なんだかちがう気がしたが、おそらく今のままの自分なら決してやらないことに挑戦しようと思ったのだろう。それはたいしたものだなと思った。

教習所に通ってバイクの免許をとり、女性が多い職場で働き始めた。そして、まずはひとりでいろんなところにバイクで行き、デートによさそうなルートを物色し始めた。その様子をブログにも載せていたのだが、行き止まりの道に入り込んで引き返したりしている。慣れないと、そういうヘマをやってしまうよなと、微笑ましく見ていた。

ところが、いつまでたっても行き止まりに入り込みつづけているのだ。むしろ、行き止まりが増えている。どうしたの？　と聞いてみたら、地図で調べて、わざわざ行き止まりの道を探しているというのだ。なぜそんなことを？　と驚いたら、彼曰く、

「だって、行きは知らない道だけど、復（かえ）りは知っている道でしょ。安心じゃない」

彼の目指す男らしさとは、およそ縁遠い答えが返ってきた。

彼は職場で親しくなった女性を、ついに誘った。休日に、駅で待ち合わせて、そこから自然の豊かな山のほうに向かって、彼女をバイクの後ろに乗せて、彼は颯爽（さっそう）と運転した。まさに夢見ていた通りの展開だ。

「まさか、行き止まりの道には行かなかったよね？」と確認したら、「行ったよ」と彼はあたりまえのように言った。彼のお気に入りの行き止まりの道に行ったらしい。行き

止まりのところに着いたとき、戸惑う彼女に、彼は明るくこう声をかけた。「ここで行き止まりなんだよ」そしてバイクをぐるりと反転させ、「ここからはもう知っている道だよ！」とニッコリした。

当初予定されていた夕食を一緒にというのは当然なくなって、バイクが元の駅についたとき、彼女は早々に帰って行った。彼のバイクの誘いにのる女性はいなくなった。彼は理由がわからず、不思議がっていた。不思議がる彼のほうが不思議だった。

でも、はっと気づくと、彼のことを笑えない生活をしている。気に入った道を歩き、気に入った店に行き、気に入ったものを食べる。いつも見ている風景であることに心地よさを感じたりしている。新しい道を選ぶということがなくなっている。そんなとき、彼の行き止まりツアーを思い出して、反省する。

また、人生が行き詰まって、自分では望まないくり返しになってしまっているときにも、彼の行き止まりツアーを思い出す。「もう知っている道を喜ぶ人もいるのだから」と、そういうときは、なぐさめをもらう。

思い出すだけで勇気の出る人

「その人のことを思い出すと、勇気が出るの」と言った人がいた。

そういう人が心の中にいるのは、いいなあと思った。

自分にもいないだろうかと、過去の思い出をさぐってみたら、いた。

小学5年生のとき、祖父の住む山奥に引っ越した。自然の豊かなところで、虫なども多く、味噌汁を飲もうとするとたくさん虫が浮かんでいる。蒲団に寝ようとすると虫がびっしりいる。こんなところ無理だと、「北の国から」の純くんみたいに嘆いていた。

それでもだんだんなれてきて、野生児となっていき、山を駈け回り、草の坂をすべり、木に登り、泥で団子を作って焼いて食べたりしていた。山にはクマンバチやイノシシやマムシやヤマカガシがいるから気をつけろと言われていたが、クマンバチ以外はまだ出くわしたことがなかった。

そんなとき、マムシのおじさんが現れた。

親戚ではなく、どこの誰なのかも知らないが、私の最も尊敬するおじさんだ。なぜ「マムシのおじさん」かというと、マムシを足に巻いて山から下りてきたからだ。

そのおじさんは、山の中でマムシに咬（か）まれたのだ。当時は、咬まれたら、全身に毒が回らないようにしばったほうがいいと言われていた。ところが、足をしばるものを何も持っていない。そこで、自分を咬んだマムシで足をしばって、山を下りてきたのだ。

これには驚いた。マムシで足をしばるという発想もすごいし、それを実行する大胆さもすごい。将来、こんなおじさんになりたいと思った。今は無理だけど、大人になるにつれて、少しは近づけるだろうと思っていた。

ところが、現実には、むしろどんどん遠ざかってしまった。マムシの出そうなところには決して行かないし、もしマムシに咬まれたら、そのショックだけで死にかねない。マムシを足に巻くどころか、気持ちが悪くてさわることもできないだろう。

子どもから大人になることは、よりたくましくなることだと思っていた。よりなさけなくなるという別コースもあるとは、幼い私には知るよしもなかった。そのときの私は、ただただ尊敬に目を輝かせて、おじさんを見つめていた。

「カラスが来るよ！」と誰かが叫んだ

小学校の低学年のときのことだ。

校庭でみんなで遊んでいるとき、どういう理由だったか、校庭の真ん中で、私は鼻血を出した。

かなり大量に出て、地面にぼたぼたと落ち、水たまりは大げさだが、大きな血のしみができた。

校庭にいたクラスメートたちが、驚いて集まってきた。

「どうしたの？」

「大丈夫？」

と、みんな心配そうにしてくれて、

「すわったほうがいいよ」

と、茫然と立っていた私をしゃがませて、さらに体を斜めに倒して、背中や頭を後ろから支えてくれた。

空が青かった。

そのとき、誰かが、

「地面に血が落ちると、カラスが来るよ！」

と叫んだ。

そんなことがあるの？　と私も驚いたが、みんなも驚いた。

「キャーッ」

と声をあげる子もいて、みんながわーっと校舎のほうに走って逃げた。

私の背中や頭を支えてくれていた子も逃げて、身体ががくんとなった。

私もカラスがこわかったが、みんなが逃げたこともショックだった。


何人かは逃げずに残ってくれていた。

それは、いつも仲良くしている子というわけではなかった。

日頃の親しさとは関係なく、こういうとき、残ってくれる子と、残ってくれない子がいるのだと知った。

残ってくれる子は、相手が誰であろうが、困っているときには見捨てたりしないのだ。


私もゆっくりと起き上がって、校舎のほうに歩いて行った。

みんな、建物の中までは入らず、まだそこにいて、こちらを見ていた。

何人かが、

「ごめんね」

「こわかったから、つい」

などと、あやまった。

自分がとっさにしてしまったことを、反省している様子だった。

一方で、

「あんなところで鼻血を出すのがいけないんだよ」

「すぐに手で鼻をおさえればいいのに、地面に落とすから」

などと、私を非難してくる子もいた。

さっき心配して集まってくれたときには、そんなことは言っていなかったのに。

他人に申し訳ないことをしてしまったとき、自分の行動を素直に反省できる子と、反省したくなくて、かえって相手を非難し攻撃し始める子がいるのだと、そのことも私はそのとき知った。

自分はせめて反省できる子でありたいなと私は思った。

逃げない子にはなれそうになかったので。

でも、いつか逃げない人になれたらと願った。

地面に血が落ちると、本当にカラスが来るのかどうか、その真偽はいまだに知らない。

違和感を抱いている人に聞け！

心だけでも旅しようと思ったら

旅行記が苦手だとずっと思っていた。

入院中、お見舞いで旅行の本をよくもらった。病院のベッドの上で身動きできないのだから、せめて本で旅を楽しんではどうかということだ。

なるほどと思って、ありがたく読んでみた。ところが、あまり面白いと思えなかった。インドに行って、老人が黙ってすわっている横顔に崇高（すうこう）さを感じたり、アフリカで動物の目を見つめて気持ちが通じ合ったように思ったり、オーストラリアのエアーズロックで啓示を得たり……。同じ病室の人から、昔は暴走族で派手なケンカをしたという話を延々と聞かされたときのような感じだった。当人にはすごい体験なのだろうけど、聞かされるほうは……。旅行ができない人間の、やっかみもあったのかもしれない。ともかく、旅行記は読まなくなった。

なぜこの人の本はちがうのか？

だから、田中真知（まち）さんという作家さんと知り合って、旅行の本を書いていると知ったときには、これはまずいと思った。私は本音が表に出やすいほうで、友達からも「赤ちゃんか！」と言われるほどなので、読んでつまらないと思ったら、口先でいくらほめても本心に気づかれてしまうかもしれない。

ところが、真知さんの旅行の本は面白かった。それも、ものすごく面白かった。自分が旅行記を面白いと思うこともあるのかと驚いた。

だが、なぜ面白いのかがわからない。もちろん、波瀾万丈の展開だから面白いというのもあるが、それなら、それまでの旅行記だってそうだった。いったいどこがちがうというのか？

しばらくして気づいたのは、〝違和感〟ということだ。真知さんは日本に違和感を抱いて旅立つのだが、旅先でもつねに違和感を抱いている。どこに行っても、そこにうまく溶け込めない。たとえば、現地の人たちが食べている猿の肉を出されたりすれば、旅行好きの人というのは、そういう食べ物こそ喜んで食べて、現地の人たちとたちまちなごやかになっていくものだ。しかし、真知さんは食べない。だから、なごやかになれない。

「それじゃ、ダメじゃないの？」と思うかもしれないが、そうではない。なんでもすぐに食べて、現地の人と仲良くなれるような人には、見えないことがたくさんある。

「それは逆では？　現地の人たちに溶け込めてこそ、ディープなところまで知れるのだから」と思うかもしれないが、意外にそうでもない。

学校のルポを誰に書いてもらう？

たとえば、学校のルポを生徒に書いてもらうとする。あなたは、どんな生徒にルポを頼むだろうか？

学校に溶け込んでいて、クラスの人気者で、成績もよく、部活でも活躍しているような生徒だろうか？

どう考えても、そういう生徒には、学校というものの実態は見えていないだろう。

では、学校がきらいで、ひきこもっている生徒だろうか？　学校の問題点にはいちばん気づいているかもしれないが、なにしろ学校に行っていないのだから、やはり気づかないこともある。

学校について、いちばん深いルポを書けるのは、学校に違和感を覚えながら、それでもなんとか通っている生徒だろう。

その水になじめない魚だけが

このことは、沖縄に移住してからも実感した。内地の人で、沖縄についていちばんよくわかっているのは、現地の人たちと深いつきあいをして、その土地にディープに入り込んでいる人たちだと思っていた。

ところが、実際にはそうでもなかった。

沖縄に旅行に来て、数日間、サトウキビ畑で汗水流して働いてみて、「本当の自分を見つけた」というような人たちの、沖縄に対する認識が浅いのは当然だが、ディープに入り込んでいる人たちにも、学校でうまくいっている生徒の学校ルポと同じようなところがあった。

では、どういう人の認識が深かったかというと、沖縄で暮らしながらも、完全にはなじめず、ずっと違和感を抱いている人たちだ。

これはもちろん、私の個人的な感想なので、私の勘違いかもしれない。

しかし、その水にしっくりなじめる魚は、その水のことを考えなくなる。その水になじめない魚だけが、その水について考えつづけるのだ。

何かについて聞くなら、誰に？

これは旅行記に限らない。

何かについて聞くなら、そのことに違和感を抱いている人に聞くのがいいのかもしれない。

カフカはずっと生きづらさを感じていた。でも、自殺せずに、サラリーマンとして日常生活を送っていた。だからこそ、深く現実をとらえた小説が書けたのかもしれない。

社会について聞くなら、社会的成功者ではなく、社会に違和感を抱いている人に聞くほうがいいのかもしれない。

日本について聞くなら、日本に違和感を抱いている人に聞くほうがいいのかもしれない。

人生について聞くなら、人生がうまくいっている人ではなく、人生に違和感を抱きながら、それでもなんとか生きている人に聞くのがいいのかもしれない。

そういえば、学生時代、サッカー部なのに「サッカーのこういうところがおかしい」とあれこれ批判する男がいて、サッカー好きな人間には気がつけない指摘がたくさんあって、いつも面白かった。

いつか、いろんな分野について、その分野でうまくいっている人ではなく、違和感を抱いている人たち（でもその分野で活動してる人たち）にインタビューした本を出してみたいものだ。

別の道を
選んだ
ことが
ありますか？

「こうしたら、こうなるに決まっている」
ということが世の中にはいろいろあります。
右の道を選ぶほうがいいに決まっているとわかっていたなら、
左の道を選ぶ人はあまりいないでしょう。
でも、ときに人は左を選びたくなります。
そして、やっぱりがっかりしたり、意外にも大喜びしたり――。

後悔はしないほうがいいのか

私の知り合いで、中学校のときに好きな女の子に告白しなかったことを、酔うと必ず嘆きだす人がいる。もう50代なのにだ。そんな昔のこと、どうでもいいだろうと思うのだが、当人の中ではとても大きいのだ。もし過去に戻れたら、絶対に告白するという。もちろん、ふられるかもしれないわけだが、それでも告白するという。

まあ、過去には戻れないが、戻れたとして、告白したほうがいいのだろうか？　彼のように過去のことではなく、今まさに好きな人がいて、気持ちを胸に秘めているのがつらくて、でも告白してもふられるかもしれないとしたら、告白しないより、したほうががいいのだろうか？

最近の青春ドラマや漫画では、告白したほうがいいという考え方のほうが圧倒的に優勢だ。ふられることがわかっていても、自分の気持ちをちゃんと伝えるべき。ずっと抑えたままなんて、よくない。ふられても、「ちゃんとふってくれて、ありがとう」と健気な笑顔。「気持ちを伝えられてよかった」と自分をほめ、涙は流れても爽やか。これでふんぎりがついて前に進める。もし気持ちを伝えないままだったら、ずっと後悔したと思う。

そう考えるのはきっと正しい。「やらなくて後悔するより、やって後悔したほうがいい」と言うが、心理学の実験でもそういう結果が出ているらしい。直後の後悔は「やって後悔」のほうが大きいが、後悔のレベルが時間と共に下がっていく。ところが「やらなくて後悔」のほうは、なかなか下がらないのだそうだ。平均40歳の人たちを対象に行った調査でも、心に抱いている後悔は「やったこと」よりも「やらなかったこと」のほうが多いという結果が出ているらしい。

だから、後悔したくないなら、やらないより、やったほうがいいわけだ。

しかし、後悔は、しないほうがいいのだろうか？

もちろん、後悔は苦しい。過去を悔やむわけで、ネガティブな感情だ。しかし、まったく後悔のない人生のほうが、たっぷり後悔のある人生より、本当にいいのだろうか？

「なんとなく好きで、その時は好きだとも言わなかった人の方が、いつまでもなつかしいのね。忘れないのね」という言葉が、川端康成の『雪国』（新潮文庫）にある。

山田太一のテレビドラマ「友だち」にも、こういうセリフがある。「キャバレーだのバーだの、いろんなとこで働いて来たけどね」「性の合ったお客さんで、最後まで行かなかった人ってのが一番なのよ」「いいもんなのよ」「行くとこまで行っちゃえば、それだけのことだけど」「両方で、なんだか辛抱しちゃったお客さんて、いまだにね、いい思い出」「人間のつき合いの中でも、相当上等なつき合いじゃないかって思ってるの」

気持ちを抑えず、ちゃんと伝えて、やらないよりやって後悔。それはそれで素敵な考え方だろう。しかし、気持ちを抑えて、伝えず、やらなくて後悔。それもまた豊かな生き方に思える。振り返ってみたとき、どちらのほうが味わい深いかと言うと、後者なのではないだろうか？

知り合いが酔って嘆きだすと、聞くほうはあきれる。なんだ、この人と思う。でも、何も後悔していない人と語り合うほうが楽しいかと言えば、そんなことはない。やっぱりこういう人のほうが好きだ。自分も後悔だらけの人生だからかもしれないが。

8回、性格が変わった

小学生のとき、7回転校した。いずれも同じ県かとなりの県だったので、言葉の問題はさほどなかった。それでも小学生にとって学校が変わるのは世界が変わるようだった。そのため、7回、性格が変わった。今振り返ってみても、その7人が同じ人間だとは、自分でも思えない。

ある学校では暴力的で、よく人を殴っていた。学級委員長が「殴るんなら、ぼくを殴れ」と立ちふさがった。そう言えば殴らないと思っているなと感じたので、思い切り殴った。彼はものすごくびっくりした顔をして吹っ飛んだ。その事件が決定的で、クラス中から嫌われた。私が学校に行くと、みんながドアや窓をふさいで、中に入れないようにした。そんなに嫌われても、不思議とひとりの女の子だけ、私についてくる。その子は人気があるのに、嫌われ者の私の後をなぜかいつも黙ってついてきていた。ああいう人が将来、いわゆる極道の妻になったりしてしまうのかもしれない。

別の学校では、暴力は大嫌いな、気の弱い子になった。別の学校では、自分が学級委員で、人気者になった。

ピッチャーでなければ我慢がならないほど目立ちたがり屋でスポーツ好きだったこともあれば、バッターボックスに立つのも恥ずかしいほど内気でスポーツが苦手だったこともある。

いちばん困ったのは、前にいた学校に、1年後くらいにまた戻ってしまったときだ。自己紹介しようとすると、「あっ、弘樹だ！」と何人もが声をあげた。前に同じクラスだった子たちだ。「戻ってきた転校生」と呼ばれて、話題の人になった。困ったのは、前にその学校にいたときにはケンカが強かったことだ。ところが、戻ってきたときには弱虫になっていた。前のことが知られているから、2つの番長グループから引き合いがあった。うちのグループに入れと。「俺はどっちにも味方しないぜ」と強面な断り方をしていたが、内心は（もし弱いのがバレたら、両方からボコボコにされる……）という恐怖でいっぱいだった。前の自分という別人を演じて過ごすのはきつかった。また転校になったときには、心底ほっとした。

学校で何か問題があったら、小学生のときは、転校がいちばんの解決策ではないかと思う。

中学校に入学したときは、さほど性格は変わらなかった。高校のときも。大学で、地元を離れ、初めて一人暮らしをした。これまでいちばん大きな環境の変化だったが、やはり性格は変わらなかった。大人になると変わらないんだなと思った。

だが、大学3年生のとき、突然、難病になった。そして、大きく性格が変わった。大人になってからでも、激しい出来事があれば性格は変化するようだ。

生まれた場所でそのまま無事に育った人は、「自分はこういう性格」と、他の自分が想像しにくいかもしれない。でも、もしかすると、ぜんぜん別の性格になっていた可能性もあるのだ。紫陽花（あじさい）が植えられた土地によって別の色になるように。今の色が本来の色とは限らない。

ところが最近、「私も小学校のとき何回も転校しました」という人に会った。私は喜んで、「転校するたびに性格が変わったでしょ？」と勢い込んで聞いた。しかしその人は、「いえ、どこにいっても同じでした」。

うーん、そうなると、どういうことになるのか？　論文だと、ここで書けなくなるところだが、エッセイなので、ありのままを書いてみた。

人の話を本気で聞いたことがありますか？

看護師さんがすわり込む

宮古島に移住したあと、私は宮古島でも入院してしまった。

さいわい、大きな総合病院があり、医療面ではなんの問題もなかった。むしろ、全般的に親切で、すんなり入院できて助かった。

驚いたのは、入院してからだ。

お年寄りが看護師さんに何か話しかけると、看護師さんは立ち止まって聞くのではなく、そばに腰をおろして、「さあ、じっくり聞きますよ」という態度で聞く。廊下でも病室でも。

それがどうしたと思うかもしれないが、そんな姿は東京で入院しているときには見たことがない。入院経験が（残念なことに）豊富なだけに、これまで見たことのない光景に驚いたのだ。

看護師さんというのは忙しい、次にしなければならないことがつねにあって時間に追われている感じだ。無駄話に使えるような時間的な余裕はないはずだ。

なのに、腰をおろす。そんな「じっくり聞きますよ」という態度をとってしまったら、ただでさえ長いお年寄りの話が、ますます長くなってしまうのではないか。

お年寄りの話は、病状についてなどの大切なことではなく、たいていただの世間話だ。孫がどうしたとか。しかし、そういう話を聞く看護師さんの態度に、あせっている様子はない。今にも動き出しそうな感じではなく、ちゃんと腰をすえて、落ち着いている。

そんなにゆっくり話を聞いていて、看護の仕事に差し支えないのか。自分が苦しんでナースコールしたときに、途中でお年寄りにつかまって、長話なんかされていると困ってしまうのだけど、とそんなふうに心配してしまった。

お年寄りの話が短い！

ところが、お年寄りの話が短いのだ。同じ話を何度もくり返すことがなく、一回で終わるので、案外なほどあっさり終わる。それで、看護師さんはまた立ち上がって歩き出すので、実際にはそんなに時間をとられることはない。だから、問題ないのだ。

そういう光景を何度も目にして、だんだん不思議になってきた。なぜ話が短いのか？

宮古島のお年寄りは話がくどくないのだろうか？　しかし、そんな地域差があるとは思えない。

なぜ話がくどくなるのか？

しばらくして、ようやく気がついた。

私は、年をとったら話がくどくなるものと思っていた。しかし、そうではなかったのだ。

年をとると、誰も話をちゃんと聞いてくれなくなる。「はい、はい」という感じで聞き流される。だから、くどくなってしまう。

若くたって、話をちゃんと聞いてもらえない人は、話がくどいものだ。くどくなると、ますます聞いてもらえなくなるので、ますますくどくなり、それでますます聞いてもらえなくなる、という悪循環を起こしている人が多い。

身近にもきっとそういう人がいるだろう。あなた自身も、これは面白いぞという話を人にしたとき、ろくに聞いていない感じで、思っていたような手応えがなかったら、なんだかものたりなくて、ついつい、もう一度、同じ話をしたくならないだろうか？　これは誰でもそうではないかと思う。


他人は、自分の話を、自分が思うほどにはちゃんと聞いてくれない。それはしかたのないことだ。よほどのイケメンなら、「昨日、コンビニに行って……」なんて話でも、キャーキャー熱心に聞いてもらえる。でも、普通は、よほど関心を引く話でなければ、相手の耳は立たない。

それでも、上司とか取引先とかが話しているのなら、しかたなしに熱心に聞くふりをする。しかし、高齢になって引退状態になると、そんなふうに熱心に話を聞いてくれる相手はぐんと減ってしまう。

お年寄りの話がくどくなるのは、それも大きな理由のひとつなのではないだろうか？

話が成仏しない

東京の病院の待合室で見かけたお年寄りを思い出す。

ひとりで車椅子に乗っていた。若い頃にヨットに乗って海にのりだした話を何度もしていた。誰もちゃんと聞いていなかった。迷惑そうに顔をそむけていた。お年寄りは、同じ話を何度も何度もくり返していた。

あのとき、誰かが、一度でも、ちゃんと本気でじっくり話を聞いてあげていたら、その一度で、あのお年寄りは満足して、話をやめたのではないだろうか？

そう思うと、とても申し訳ない気がした。

「ああいうお年寄りの話をうっかり聞くと、つかまってしまって、際限なく聞かされるよ」と忠告する人もいる。実際、そういうことは多いのだろう。しかしそれは、ちゃんと聞いてもらえなかった話が、そのお年寄りの中にたくさんたまってしまっているからではないだろうか？　話が成仏していないのだ。

この先誰も自分の話を本気で
聞いてくれないとしたら……

私は13年間の闘病中、自宅療養している期間はひとりでひきこもっていたから、ほとんど誰ともしゃべらなかった。ひさしぶりに声を出そうとすると、のどがからんで、うまく声が出なかったりしたものだ。

しかし、まだ若かったから耐えられた。いつかまた誰かと話ができるだろうという、漠然とした未来への期待はあったのだと思う。

しかし、もうそういう未来が期待できないとしたら、どんなにさびしいかと思う。

つい心ない聞き方を

先にも書いたように、これはお年寄りに限らない話だ。年をとると、話をちゃんと聞いてもらえなくなりやすいというだけで、若くても、ちゃんと話を聞いてもらえない人はいるし、ちゃんと聞いていない人もいる。

自分をふり返ってみても、本気でちゃんと人の話をじっくり聞いたことがあるだろうか？　と思う。

もちろん、関心のある相手の話なら熱心に聞いている。好きな相手とか、尊敬する相手とか、あるいは逆に危険な相手とか。しかし、そうではなかったら、そこまでちゃんと聞いていないのではないか。相手が、ものたりなくて、つい同じ話をくり返してしまうような、そんな心ない聞き方をしてしまっているのではないか。

「あれほどちゃんと話を聞いてくれた人はいなかった」

カフカにこんなエピソードがある。

また、カフカはとても聞き上手でした。聞き上手になることで、会話の困難をなんとか切り抜けようとしていたのかもしれません。しかし、次のようなエピソードからは、そんな方便のための聞き上手というのではなく、もっと真摯（しんし）なものが感じられます。

カフカと同じ療養所に入っていた心気症の青年が、感激して人に語ったそうです。

「あの人はちゃんと聞いてくれたんです。病気の生活がどんなものかを。ぼくの生涯で、あれほどちゃんと話を聞いてくれた人はいなかった。ぼくの苦しみをあれほど理解してくれた人は誰もいなかった」

その言葉で医師のクロップシュトックはカフカを知り、後にカフカの最期を看取るまでの友人となります。

『絶望名人カフカ×希望名人ゲーテ　文豪の名言対決』草思社文庫

このエピソードを最初に知ったとき、じつは意味がよくわからなかった。

「人のペットの話と病気の話ほどつまらないものはない」と言ったりするから、たしかに、病気の話をちゃんと聞いてくれる人は少ないだろう。まして、心気症ということになると、気のせいということでますます軽視されやすい。

とはいえ、最初の一回くらいは、誰でも話を聞いてくれるのではないかと思った。カフカはいったいどんな聞き方をしたのかと、不思議だったのだ。

しかし、最初の一回でも、人はそうそう本当にはちゃんと耳を傾けないものだ。聞き流してしまう。

カフカは、ただ、本当にちゃんとじっくり聞いたのだろう。

そういう人は、他に誰もいなかったのだ。

人の話を聞くことの難しさ

「聞く力」というようなことが言われたりするが、聞くというのは難しいものだ。

人に対して、本当に関心を持つということが難しい。

互いに関心を持てず、でも関心を持ってほしいと思っている。そういう人と人の間に会話が交わされ、どちらも本当には満足できず、また相手を変えて同じ話をしたりする。

そんなふうにして、私たちは話して、聞いているのかもしれない。

できることなら、宮古島のお年寄りのように、いつまでもちゃんと話を聞いてもらえて、すっきり話し足りた気持ちで生きていきたいものだ。

そして、自分もそういう聞き手でありたいものだ。

意表をつく女性たち

仕事で成功した夫が、妻の苦労をねぎらう。「お前がいろいろやってくれるから、俺は開発に夢中になれるんじゃないか。お前がいなかったら出来ねえよ。感謝してるよ」妻は感激して涙ぐんだりするのかと思ったら、「あなたが（中略）夢中になってるの、どっかで喜んでないの」「心から応援してないの」「いいな、好きなことに夢中になってって」「私は、営業やって店番して税金やっておばあちゃんの世話して、佐紀のPTAに出て、全部そんなこと好きなことじゃないもの」

夫は衝撃を受ける。見ているこっちも驚いた。山田太一脚本の「なつかしい春が来た」という1988年のテレビドラマだ。こういうとき妻は感激するものと思い込んでいた。そういうシーンをいろんなドラマや映画で、また実話でも、よく見聞きしていたからだ。でも、考えてみれば、支えるのが好きな人だっているだろうが、嫌だという人もいて当然だ。「えっ」と驚き、「なるほど」と納得した。

私は昔のドラマを見るのが好きなのだが、80年代くらいでも、女性のあつかいがひどくて、今の視点で見ると衝撃がある。「女は黙っていろ」とか。だが、山田太一ドラマだけは、今見ても意表をつかれる女性たちが出てくる。他にもいくつか紹介してみよう。

「高原へいらっしゃい」という1976年のテレビドラマ。一流のホテルマンだった男が、理不尽に職を追われる。男は酒に溺れ、ついには妻に暴力も。妻は家を出て行く。男は酒を断ち、高原のペンションを成功させようと奮起する。

部下が、よかれと思って、男の妻にそのことを伝える。「御主人は、一所懸命です」「あなたを、成功した高原のホテルへ迎えたい一心で働いているんです」

すると妻は「喜んで私が、戻らなくちゃいけないの？」「あの人は（中略）立ち直れば、私がまた一緒に暮すと思い込んでいるのね」「あの人は、これでもかというように私の気持を踏みにじったのよ」「私だって生きているのよ。新しい人生を歩きはじめているのよ」。

これも驚いた。心を入れ替えて立ち直ったら、喜んで許してもらえると思い込んでいた。そうとは限らないのに。

「ありふれた奇跡」という2009年のテレビドラマには、他に男をつくって、子どもを置いて家を出て行った母親が登場する。自分勝手な人間に見えるが、じつは舅が しょっちゅうお尻をさわることが理由のひとつだったとわかる。舅は好人物なのだが、そういうこともしていた。この母親は、水商売の経験もある、はすっぱな感じで、舅からしたら、お尻くらいさわられても平気そうに見えてしまったのだ。でも、実際には、家を出るほど嫌なのだ。

「林の中のナポリ」という、これは演劇。老齢の女性が、子どもにも夫にも先立たれ、介護をしていた姑と自分の母も亡くなり、天涯孤独になる。借地だった家も取り壊されることに。「私を特別待っている人はいない。私がここでいなくなったって、たいして迷惑する人はいない。ましてや、悲しむ人も別にない」そのことを悲しむのかと思ったら、「なにか、つき上げるように、喜びがこみ上げたの」。

これにも驚いた。それだけ抑圧されていたということだ。

私は「こういうときにはこうするもんだ」という思い込みにずいぶんはまっていたんだなあと感じた。こういうときに、こうしない女性たちに、衝撃を受け、とても感動した。

もう嫌だと投げ出す爽快

病院にお見舞いに行ったとき、入院中のおばあさんが採血の注射を嫌がっていて、医師や看護師が困っているという話を聞いた。高齢になってまだ注射を嫌がるとは、それまでずっと注射一本打ったことがないほど健康だったんだなあ、すごいなあと思ったら、そうではなかった。

若い頃から病気がちで、何年も入院し、緊急でヘリコプターで運ばれたこともあり、手術も経験しているとのこと。当然、注射も山ほど打っているはずだ。

それなのに、なぜ今さら、注射一本を嫌がって、かたくなに拒否するのか？　私も注射で泣く子どもだったが、長く病気をし、手術もした。たくさんの痛い目にあったから、注射くらいはなんでもなくなっている。このおばあさんは、なぜそうなっていないのか？　気になったので、ご当人に聞いてみた。

「さんざん注射をしてきたはずなのに、なぜ今さら、一本の注射を嫌がるんですか？」

「さんざん注射をしてきたからよ。もう一本も嫌なの」

おばあさんはきっぱり言った。

私はとても感動した。ものすごく意外な答えだったのだが、「もう嫌だ」という気持ちは、よくわかった。注射の必要性や大切さを知りつくしているはずのおばあさんが、それでも一本の注射を拒否する姿が、とても輝いて見えた。困ったおばあさんどころか、尊敬すべき人だ。

しかし同時に、こわくもなった。自分もこれから先、さらに痛い目にあいつづけると、いつかこのおばあさんのように、「もう注射一本も嫌」という境地に達してしまうのだろうか……。

私はそもそも、もう嫌だと投げ出してしまう人が好きだ。樋口一葉の短編小説「十三夜」で、主人公が人力車に乗ってしばらく進むと、車夫がいきなりこう言い出す。「どうぞお下りなすって、もう引くのが厭やに成つたので御座ります（中略）もどうでも厭やに成つたのです（中略）何が楽しみに轅棒をにぎつて、何が望みに牛馬の真似をする、銭を貰へたら嬉しいか、酒が呑まれたら愉快なか、考えれば何もかも悉皆厭やで、お客様を乗せようが空車の時だろうが嫌やとなると用捨なく嫌やに成まする」（『にごりえ・

たけくらべ』新潮文庫）

この意外な展開にとても感動した。人間、もう嫌だというときがある。私も昔、タクシーに乗っていて同じような体験をしたことがある。運転手さんは地方から東京に出てきた人で、カーナビもついておらず、途中で迷ってしまった。すると、「ここで降りてくれ」と頼むのだ。見たこともない住宅街の中で、他にタクシーも通りそうにない。こんなところに降ろされても困ると思ったが、もう嫌になってしまっている様子に、心を動かされて、素直に降りた。

もう嫌だと投げ出す人に、なぜ惹(ひ)かれるかというと、自分が難病だからだ。難病は治らないから、投げ出せない。でも、ときどき、もう無理、もう限界、もう嫌と、心から叫びたくなる。

「巨人アトラースはこんなふうに考えることができた。「もしそうしたくなったら、背負っている地球を放り出して、こっそり逃げ出してもいいのだ」でも、そう考えることができるだけで、それ以上のことは許されていなかった」というカフカの言葉がしみる（『絶望名人カフカ×希望名人ゲーテ』草思社文庫）。

投げ出せる人は、投げ出してもいいのではないかと思う。その姿は美しい。

迷惑をかける勇気

こんなニュースを目にした。

寝たきり状態だった84歳の姉を殺害した82歳の妹に懲役3年執行猶予5年の判決が言い渡された。妹はひとりで姉を介護していた。生活保護を受けて姉を施設に預けるようにケアマネジャーから提案されていたが、「人に迷惑をかけないように言われて育った」ことから、殺害に至った。

こういう事件は決して珍しくない。「人に迷惑をかけてはいけない」という教えによって、どれほど多くの人が苦しい目にあっているか。このルールは本当に正しいのだろうか？

宮古島に移住したとき、東京から宮古島に向かう飛行機の中ですでに、このルールが変化するのを感じた。羽田で飛行機に乗るとき、荷物を上の棚に入れるのをもたもたしていると、通路をふさぐことになるので、ものすごく迷惑そうにされる。しかし、沖縄本島で宮古島行きの飛行機に乗り継ぐと、棚にゆっくりと荷物を入れていても、誰もイライラした様子を見せない。

東京では郵便局などの窓口で、お年寄りが説明をなかなか理解できなくて、「待っている人がいるから」などと帰されているのをよく目にした。宮古島では、お年寄りにじっくり説明する。さぞ待たされることだろうと思っていたら、窓口の人もお年寄りもあせらないから、ちゃんと理解できて、結果的にはむしろ早いくらいだった。

宮古島でも入院したときの話はすでに書いた(「人の話を本気で聞いたことがありますか?」)。

人と待ち合わせをすると、平気で1時間くらい遅れてきて、あやまりもしない。最初は腹が立ったが、だんだん理由がわかってきた。たとえば、出かけるときに、となりのおばあさんから蛍光灯を替えてほしいと頼まれたら、「人と会う約束があるから後でね」などと言わず、すぐにやってあげるのだ。だから遅れる。

通院しているとき、待合室に車椅子の患者さんが来た。友達らしい人が押してきていた。ところが、その友達は先に帰ってしまった。帰りはどうするのだろうと思っていたら、診察が終わったときに、たまたま待合室にいる誰かに頼むつもりなのだ。

その人はかなり太っていたし、抱えて車に乗せたり、車椅子をたたんで乗せたりするのは、けっこう大変だろう。そんなことを頼むのなら、せめて前日に電話しておいてほしいと思ってしまいそうだ。しかし、彼はまったく不安を感じていない。連れて帰ってくれる人がいると確信している。人に迷惑をかけることを、まったく気にしていない。

私は感激してしまった。こんなふうに、たまたまその場にいる人にいろいろ頼めて、断られることもないし、迷惑をかけることを気がねしなくてもいいとしたら、なんて暮らしやすいだろう。

「お互いに迷惑をかけてあたりまえ」というルールでも、社会はちゃんと成り立つのだ。そして、そのほうがずっと生きやすい。

あなた
だけの
生きにくさが
ありますか？

生きにくさは誰でも抱えています。
ただ問題は、それぞれにちがう生きにくさを
抱えているということです。
なので、なかなかわかりあえませんし、
孤独になってしまいます。
でも、自分とはちがう生きにくさでも、
生きにくいというだけで、共感しあえないものでしょうか？

つらいときに思い出せるシーンがありますか？

つらいときに思い出せるシーン

つらいときに、思い出せるシーンがあるかどうか。
これはかなり大きなことだと思う。
私には幸い、そういうシーンがいくつかある。
どれも、たわいのないものばかりだが。
当人だけがしみじみできる昔の写真のようなものだ。

宮古島の台風は十代の暴力

そのうちのひとつは、宮古島で台風を体験した、ある一夜のことだ。

宮古島の台風はすさまじい。話には聞いていたものの、実際に体験してみると、想像をはるかに超えていた。東京に来る台風はまだ分別があるが、宮古島に来る台風は、十代の暴力という感じで、容赦がない。なるほど、台風後に牛が2階の屋根にいたとか、他の家の冷蔵庫が壁に突き刺さっていたとか、そういうことも起きるはずだと思った。

セミが飛び込んできたのがはじまりだった

そんな台風がやってくるという、ある日のことだ。

上陸は夜中ということで、日中、ベランダの物干し竿やサンダルを室内に入れたり、エアコンの室外機の排水ホースの口をふさいだり（ここから風が吹き込んできて、えらいことになるのだ）、いろいろ台風前の準備をしていた。

すると、セミが一匹、室内に飛び込んできた。そして、柱にとまって、そのまま動かない。そばに寄ってみたが、それでも動かない。弱っているのかな？　と思ったが、そうでもなさそうだ。

普通、セミは人間が近づいたら、すぐに逃げる。おしっこをひっかけたりする。なのに、すぐそばでまじまじと見ても、じっとしているのだ。

さらに、もう一匹飛んできて、今度は、ひろげてあった蒲団の上にとまった。蒲団の上のセミというのも珍しい。このセミもそのまま動かない。

いろんな虫や生き物たちが

その後、セミだけでなく、いろんな虫や生き物が部屋の中に入ってきた。私は虫を気持ち悪いと感じてしまうほうで、いつもなら虫取り網でつかまえて外に出す。

しかし、その日はどうも、彼らの様子がちがうのだ。静かに入ってきて、そのままおとなしく、じっとしている。壁や天井をはい回ったり、飛んだりしないのだ。

ヤモリはもともと部屋の中に何匹かいたが、その数もどんどん増えていく。日頃は見ない、ずいぶん大きいやつもいる。

そうした虫や生き物の中には、ふだんなら捕食関係にあるものもある。ところが、その日は、そういう騒ぎが起きない。お互いにじっと静かにしている。

台風避難

そうか、みんな台風を避けたいんだなと、ようやく気がついた。自然の中に生きる虫や生き物だって、台風は大変だろう。今回はとくに大変だと感じているのかもしれない。事前にそういうことを察知するとも聞くし。

だから、みんな静かにじっとしているのだ。今日だけは、みんな、同じ台風に耐える仲間というわけだ。

これを追い出すわけにはいかないと思い、しかたないから、みんなそのままにして、窓を閉じた。

いよいよ台風が

夜になって、いよいよ台風がやってきた。どんどんすさまじくなっていく。虫や生き物たちが騒ぎ出さないといいけどなあと心配だった。外は台風で、家の中では虫や生き物の大騒ぎになったら、身の置きどころがない。

しかし、そういうことはまったくなく、みんなひっそりと、台風が通り過ぎるのを待っていた。セミも、柱や蒲団から動かなかった。鳴くこともない。

やがて停電になったが、それでも虫や生き物たちに変化はなかった。暗躍したりはしない。

みんなで一夜を

こうして私は、たくさんの虫や生き物たちと、台風の一夜をいっしょに過ごした。すさまじい台風だったが、幸い風向きの関係で、私のアパートは大きな被害を受けることはなかった。ベランダにあるとなり部屋との境のボートが壊れたくらいだ。

虫や生き物たちは、台風の通り過ぎた朝に、私が窓やドアを開けると、静かに去って行った。

セミも飛んで行った。やっぱり、弱っていたわけではなかった。

「今」だけを生きるのは、苦しいときが

こんな思い出がいったい何になるんだと思うかもしれない。

しかし、私にとっては、つらいときにこの一夜のことを思い出すと、なんとなく耐えやすいのだ。今のつらさが少しでも減るわけではない。でも、ああ、みんなで台風に耐えたなあという思い出が、少しはなぐさめになる。今はひとりで耐えなければならないのだけど、それでも。

人は「今」だけを生きるのは、苦しいときがある。「今を生きろ」という格言が、逆に耐えがたいときもある。

そんなときに思い出せるシーンを、心にいくつか用意しておくことは、台風に備えるのと同じくらい、けっこう大事な備えではないかと思っている。

倒れたままでいること

「あるとき本の中の言葉や詩の一節がページから立ち上がり、大きな翼を広げる。読者も作者も、その言葉を忘れることはない」と詩人のスティーヴン・クーシストは書いている（「本書に寄せて」『嗅ぐ文学、動く言葉、感じる読書　自閉症者と小説を読む』R・J・サヴァリーズ、岩坂彰訳、みすず書房）。

「私の場合そのきっかけは、十代で命を落としかけるほどの重病を患い、病床で読んだD・H・ロレンスの詩だった」

「後にロレンスが長く結核を患っていたことを知った」

同じような体験を、私もしたことがある。

大学3年のとき、突然、難病になった。行こうと思えばどこにでも行けた昨日から、ベッドの上で動けない今日になった。

ふと、ある小説を思い出した。中学生のとき、夏休みの読書感想文のために、書店でいちばん薄い文庫を選んだら、新潮文庫のカフカの『変身』だった。ある朝、虫に変身して、部屋から出られなくなるという物語。

久しぶりに読んでみると、まさに自分のことが書いてあるようだった。非現実的な小説どころか、おそろしいほどリアルだった。大嫌いだった読書感想文に初めて感謝した。本との本当の出会いは、読んだときではなく、その本を思い出す体験をしたときなのかもしれないと、そんなことも思った。

それがきっかけでカフカを読み始め、カフカの手紙の中で、この一節に出会った。「将来にむかって歩くことは、ぼくにはできません。将来にむかってつまずくこと、これはできます。いちばんうまくできるのは、倒れたままでいることです」

まさに「その言葉を忘れることはない」という体験だった。ただし「一節がページから立ち上がり、大きな翼を広げる」という感じではなく、立ち上がれずに倒れたままなのがよかった。

このときから、金鉱を探し求めるように、本を読むようになった。活字が苦手で、本はあまり読まないほうだったのに。

病人のクーシストが感動したのは、病人のロレンスが書いた詩だった。私も病人だが、カフカは病人ではない（最後は結核で亡くなるが、『変身』も先の手紙も健康なときに書かれた）。私にはそこがよかった。いろんな闘病記をお見舞いでもらって読んだが、自分より重い症状だと怖くて読めない。自分より軽いと、「軽いからこんなことが言えるんだ」と思ってしまう。

カフカは生前、ほぼ無名で、サラリーマンとしてごく普通の生活を送った。カフカの絶望の言葉を読んで、「でもカフカは、親友もいるし、恋人もいるし、会社でも出世しているし、ぜんぜん不幸じゃない」と不満を言う人もいる。私はそこがいいと思うのだ。ごく普通の人生だからこそ、誰でも感情移入できる。そして、私のような鈍感な人間は、難病のような大きな不幸が起きて初めて気づくことに、普通の人生で気づいている。そこがすごいと思う。「一見ごく平凡な事態にあっても彼は、他の人たちがその破壊の仕業によって初めて経験できることを経験したのである」（エリアス・カネッティ『もう一つの審判』小松太郎・竹内豊治訳、法政大学出版局）。

カフカは炭坑のカナリアのような人だと思う。他の人が平気なうちから、まず最初に苦しみだす。そして、文学という悲鳴をあげてくれる。それによって、鈍感なこちらも気づける。

私はずっと、カフカというカナリアを頼りに生きている。

暗い道は暗いまま歩くほうがいい

まるで間違ったことを言っていた

以前、私はこんなふうに言ったり書いたりしていた。

明るい道を歩いているときには、懐中電灯なんて使い道がないし、持たされたら邪魔なだけですが、日が暮れて真っ暗になった道をひとりで歩かなければならないとなったら、懐中電灯がほしくなります。本にもそういうところがあります。人生の道が明るいときは、本なんか読まなくても大丈夫ですが、真っ暗な道をひとりで歩かなければならなくなったときには、本が灯りとなってくれます。


暗闇を歩くときの懐中電灯に、本をたとえたわけだ。

しかし、宮古島に移住して、このたとえがまったくの間違いだったことを知った。

なんか自分の人生みたいでイヤだ

東京の明るい夜になれていたので、宮古島に住んでみて、夜が暗いというあたりまえのことに、ずいぶん驚かされた。

街灯のない道もあり、月が雲に隠れていると、自分の足元もよく見えない。

足元が見えないと、そこに道があるのはわかっていても、足を踏み出すのがこわくなる。

おそるおそる、ちゃんとそこに道があるのをたしかめながら、ゆっくり歩く。

なんでもすぐに人生に重ね合わせたりするのは好きではないのだが、真っ暗な道を、すごく不安な気持ちで歩いて、いつ道を踏み外してしまうかわからないというのは、まるで自分の人生のようだと思った。

というか、自分の人生って、こんななんだなあと、暗い道を歩いてみて、あらためて気づかされた。

すごくこわくて、とてもいやだった。

これは耐えられないと思った。すぐにライトを買おうと。


ライトをつけた瞬間、意外なことに！


で、すぐにライトを買った。

小さいけれど、かなり明るいという製品で、これなら安心と思った。

安全に歩けるし、妙な暗い気分にもならずにすむだろう。

で、真っ暗いところで、ポケットからライトをさっと取り出し、意気揚々とそれをつけた。

目の前が明るくなった。

しかし、その瞬間、自分を取り囲んでいる闇が、いっそう濃くなった。

私は、ぎょっとした。

恐怖にとらわれた。

わけがわからなかった。

周囲の闇が一瞬にして、より黒くなるなんてことがあるのか？　どうして？　何事？

光は闇を濃くする

あわててライトを消すと、周囲の闇はだんだん元の暗さに戻っていった。

ようするに、目の前を明るくすると、瞳孔(どうこう)が縮んで、そのせいで周囲の闇はより黒く感じられてしまうのだ。

考えてみれば当然のことだ。

しかし、実感としては、これはかなりの驚きだった。

ともかく、ライトをつけると、かえって周囲の闇の怖ろしさが増すので、とてもつけていられない。

ライトをつけないほうが、ずっとましだということがわかった。

ライトはけっきょく無駄になった

そうしてあきらめてみると、周囲の闇も、本当に漆黒なわけではない。ライトをつけたことで、もっと漆黒な状態を知ったので、それに比べると、耐えやすくなった。

目がなれてくると、だんだん瞳孔が開いてくるのだろう、少しは周囲の様子がわかるようになる。

視覚だけでなく、風の動きとか、においとか、いろんな情報で、ここに何か風をふさぐものがあるとか、そこに草がはえているとか、そういうこともわかるようになる。

わかることが増えてくると、恐怖心も減っていく。

ついには、暗い道を歩くのも、かなり平気になった。

ライトはけっきょく、無駄になってしまった。

明かりがないと生きていけないという思い込み

人生のほうも、暗いままなのは同じでも、そうやっていくらか平気に歩いていけるようになるといいのだが、こちらはなかなかそうもいかない……。

ただ、明かりがないと生きていけないという思い込みは、少しは減ったかも。

本のたとえは、懐中電灯と言うのはやめて、今は次のように言っている。

明るい道を歩いているときには、ひとりでもぜんぜん平気です。でも、日が暮れて真っ暗になった道をひとりで歩かなければならないとなったら、やっぱり心細いですよね。そんなとき、いっしょに歩いてくれる連れがひとりでもいたら、ずいぶんちがいます。そういう人が見つからないときでも、いつもいっしょにいてくれるのが本です。

失うことができないものを失ってしまったとき、どうしたらいいのか？

失うことができない大切なもの

人生で「これだけは失いたくない」という大切なものが、誰でもあるだろう。愛する人がいれば、失いたくないだろう。打ち込んでいる仕事があれば、失いたくないだろう。宝物も持っていたら、失いたくないだろう。

そんなたいそうなものは何もないという人でも、たとえば、手や足を失えば、それがどんなに自分にとって失いたくないものだったか、気づかされてしまうだろう。ピアノやヴァイオリンを弾いている人だったり、ランナーだったりすれば、なおさらだ。

「お願いですから、これだけは自分から奪わないでください！」と、神に祈りたくなるものが、誰にでもあるものだ。

それを人生の最後まで失わずにすむこともある。とても素晴らしいことだ。しかし、人生の途中でそれを失ってしまうこともある。問題はそういうときだ。失うことができないものを失ってしまったとき、いったいどうしたらいいのか？

カフカと少女と人形の有名なエピソード

フランツ・カフカに、人形と少女と手紙にまつわる有名なエピソードがある。あらましは、こんなお話だ。

ある日、カフカが恋人のドーラといっしょに公園を散歩していると、ひとりの少女が人形をなくして泣いていました。カフカは少女に声をかけます。「お人形はね、ちょっと旅行に出ただけなんだよ」

次の日からカフカは、人形が旅先から送ってくる手紙を書いて、毎日、少女に渡しました。

当時のカフカはもう病状が重くなってきていて、残された時間は一年もありませんでした。

しかし、ドーラによると、小説を書くのと同じ真剣さで、カフカは手紙を書いていたそうです。

人形は旅先でさまざまな冒険をします。手紙は三週間続きました。どういう結末にするか、カフカはかなり悩んだようです。人形は成長し、いろんな人たちと出会い、ついに遠い国で幸せな結婚をします。

少女はもう人形と会えないことを受け入れました。


『絶望名人カフカ×希望名人ゲーテ　文豪の名言対決』草思社文庫

これは私が書いたものだが、元にしているのは、カフカの恋人のドーラの証言だ。『回想のなかのカフカ　三十七人の証言』という本に載っている。邦訳も出ている（吉田仙太郎訳、平凡社）。

エピソードは変化するのがあたりまえ

これを読んで、「あれ？　自分が知っている話と少しちがうぞ？」と思った人もいるだろう。

そう、このエピソードは、少し変化したかたちで広く伝わっている。

まあ、有名人のエピソードというのは、たいていそんなものだ。口から口、人から人に伝わっていくうちに変化していく。面白くなっていくことも多いし、その人物の本質をより伝えるものになっていくことも少なくない。

たとえば、江戸時代に池大雅（いけのたいが）という画家がいて、この人が描いた龍が、絵を抜け出して、家の天井を突き破って天に昇ったという有名なエピソードがある。

これは実際には、龍の絵を描いたら、大きすぎて、家から出せなくなってしまって、天井の一部を破って、そこから出したのだそうだ。

でも、龍が天井を突き破ったという話のほうが、「池大雅は、描いた龍が絵を抜け出したと噂（うわさ）されるほどの絵の名人であった」ということを伝えてくれている。事実のほうは、絵描きだったということしかわからない。事実よりも、変化した話のほうが、より真実を伝えているとも言える。

だから、「伝わっている有名なエピソードは、事実とはちがう！」と目くじらを立てることは――研究者の人にとってはもちろん大切なことだが――一般人にとってはあまり意味のないことだと、私は思っている。

小さいけど、決定的なちがい

だが、このカフカのエピソードに関しては、ちょっと残念だなと思っている。なぜなら、変化したものより、元の事実のほうが、いいからだ。少なくとも私はそう思う。

どう変化したのかというと、一般的に広まっているエピソードでは、最後にカフカが別の人形を渡したことになっている。冒険の旅から戻って来たとして。そして、少女が「私の人形とはちがう」と言うと、「旅をしているあいだに、少し変わったんだよ」と説明したことになっている。

「なんだ、それだけのちがいか」と思うかもしれない。

でも、私はこれは決定的なちがいだと思うのだ。

少女にとって人形は生きていくために欠かせないものだった――と言うと、大げさに感じられるかもしれないが、子どもにとってはそういうこともあるし、少なくとも、少女の世界の大切な一部だったはずだ。だから、泣いていた。人形をなくしたことで、少女の世界には欠落が生じ、それが少女の世界全体をゆるがせた。大黒柱がゆれだした家には住んでいられないように、そんな人生を生きていくことは難しい。人形をなくしたということは、少女にとって、現実を受け入れられなくなったということだ。

カフカはそのことを感じたのだろう。自分自身がすぐに世界がゆらいでしまう人だったから。

世界がゆらいだとき、どうしたらいいのか？

失えないものを失って混乱してしまった世界に

大きな助けとなってくれるのが、文学だ。人は誰でも物語を生きている。世界がゆらぐということは、これまでの物語では生きていけなくなったということだ。新しい物語が必要なのだ。それを作らなければならない。そのためには、まずは他の物語を読むことだ。そうすることで、自分の物語を書き直せるようになる。他の子どもが遊んでいるのを見て、自分も遊びを考え出せるようになるように。

カフカは少女に、人形が旅をしている物語を書いて読ませた。それは人形がいなくなったことの言い訳でもあったが、それ以上に、物語を読むということが少女を少しずつ救っていったはずだ。そして、ある程度の時間をかけて、ついに人形が戻ってこないという結末を書く。そのとき少女は、自分の世界を、人形がいない世界として、新たに書き直すことができるようになっていたのだ。

これこそが肝心なことではないかと思う。

ドーラはこう語っている。

> フランツは、ひとりの子供の小さな葛藤を芸術の技法によって解決したのだった——彼が世界に秩序をもたらすために、みずから用いたもっとも有効な手段によって。
>
> 前掲『回想のなかのカフカ』

失えないものを失って混乱してしまった世界に秩序をもたらす、それこそが文学の力だと思う。

失ったものを戻せば、たしかに解決だけど……

私もじつは、この少女とまったく同じように、カフカの文学に助けられた。だから、このエピソードには思い入れが深い。

二十歳で突然、難病になったとき、私は「健康」や「普通」という、人生で失うことができないものを失ってしまった。私の世界は大混乱し、どう生きていっていいかわからなかった。こんなのは自分の人生ではない、こんな人生はいやだ、こんな現実はとても受け入れられない、というふうにしか思えなかった。

そんなときに、カフカの文学を読んだ。おかげでずいぶん救われた。とても感謝している。少女も同じだったのではないかと思う。

だから、最後に人形を渡すというのでは、だいなしだと思うのだ。それだと、私で言えば、最後に健康を戻してもらったことになる。

失ったものを戻してもらえれば、それがいちばんの解決なのはもちろんだが、現実には、失ったものは、もう戻ってこないこともある。そのときどうしたらいいのかということこそ、大問題なのだ。

だからこそ、カフカは残された貴重な時間にもかかわらず、少女のために手紙を、物語を書いたのではないだろうか。

あとで人形を戻すのだったら、手紙はたんに、もとの人形と少しちがっていることの言い訳にすぎなくなってしまう。

ブロートのうっかり

どうして話がこんなふうに変わってしまったのか？

私は人の口から口への変化を信じている。先の池大雅の場合のように、事実とはちがってしまっても、より真実を伝えるものになっていくものだ。

それなのに、このカフカのエピソードの場合は、どうしてこんなことに？

じつは、理由がある。

これは人から人に伝わるうちにだんだん変化したわけではないのだ。

ドーラからこのエピソードを聞いた、カフカの親友のマックス・ブロートが、まちがって本に書いたのだ。

それは『フランツ・カフカの作品における絶望と救済』という本で、邦訳は出ていないのだが、幸いなことに、先の『回想のなかのカフカ　三十七人の証言』に一部が収録されていて、そこに人形の話が出ている。ブロートはこう書いている。

しめくくりに彼は（中略）子供に人形をひとつ残してゆくことを、そしてそれが古いなくした人形なのだと証明することを、忘れなかった。人形は遠い国々でのあらゆる体験を経ているうちに、多少の変貌をとげたにすぎないということにしたのである。

まさに、今、一般的に広まっている話そのものだ。みんなは、ブロートの話を忠実に伝えていたにすぎないのだ。

カフカのことは、みんな、ブロートを通じて知った。だから、親亀こけたら皆こけるで、みんながまちがえるのも無理はない。

ブロートは、私はとても素晴らしい人だと思っている。非難する人も多いが、私はちがう。「マックス・ブロート礼賛」という文章も書いたことがあるくらいだ（『草獅子(そうしし)』vol.1 特集カフカ、双子のライオン堂出版部）。

しかし、ブロートは思い込みが激しく、勘違いが多い。市川崑監督版の金田一耕助映画で、ポンと手を打ち「よしっ、わかった！」と早合点する等々力警部のようなところがある。

ブロートはこの人形のエピソードを「ドーラ・ディアマントが話してくれた」と書いている。おそらく、いちばん最初にドーラから話を聞いたのがブロートだったのだろう。その最初の時点で、もう勘違いしてしまったのだ。

ブロートは、いい人なので、その勘違いは許していただくとして、カフカ生誕１４０年のこの機会に、本当はこういう話だったということを、知っておいていただけると嬉しいなあと思う。

なお、ポール・オースターは小説『ブルックリン・フォリーズ』（柴田元幸訳、新潮文庫）において、このカフカの人形のエピソードを紹介しているが、ちゃんと本来の話をしている。最後に別の人形を渡したりしていない。さすがだ。

ねんのため、もう少し書いておくと、「少女はもう人形と会えないことを受け入れました」というのは、人形を失っても平気になったということではない。少女はその後も、悲しくてさみしくて、泣いたかもしれない。ずっと忘れられなかったかもしれない。しかし、ともかくも、人形がいない現実を生きていけるようになった。苦しみながらだとしても。

立ち直れたわけではない

大ゆれにゆれた家が、元通りになったわけではなく、傾いたまま、なんとか住みつづけられるようになったということだ。

私の場合も同じだ。カフカによって救われたというのは、病気でも平気になったとか、いわゆる「病気を受け入れる」ということができたわけでも、まして「病気になってよかった」と思えるようになったわけでもない。今でも、病気は受け入れられないし、こんな人生はいやだし、嘆きつづけている。しかし、ともかくも、生きている。立ち直ってはいないが、倒れたままで生きている。

そのことで、ずっとカフカに感謝している。

カフカの唯一の童話が発見されることを願って

だからこそ、私はこの少女への手紙が読みたくてたまらない。

それは少女が持っていたはずで、きっと捨てたりはしなかっただろう。

もしかすると、どこかの家の屋根裏とかに、箱に入った古い手紙が眠りつづけているかもしれない。

ベルリンの新聞が、呼びかけたことがあるが、いまだに見つかっていない。

カフカの唯一の童話だ。いつか、ぜひ読んでみたいものだ。

大好きな先生はいましたか？

なぜ先生をそんなに好きになれるの？

小学校のときも、中学校のときも、高校のときも、大学のときも、先生のことを大好きになって心から尊敬している人がいた。卒業してからも、恩師と呼んで、何度も会いに行ったり、「自分もあんな先生になりたい」と教職の道に進んだ人もいる。

はたで見ていて、不思議だった。よくそんなに尊敬できるなあと。とくにその先生をよく知っている場合には、「あんなのをねえ……」とよけいに首をかしげることが多かった。

だから、大好きな先生がいる人のことを、とくにうらやましいとも思わなかった。自分にはそういう先生がいないことを、残念とも思わなかった。大好きな恋人がいるかどうかとは、ぜんぜんちがった。

算数の授業しかしない先生

思い出に残っている先生なら、私もいる。

小学校6年生のときの担任の先生だ。かなり高齢の（と小学生には感じられた）、おそらく定年間近だった、女性の先生だ。

もともと数学の先生だったとのことで、数学しか教えなかった。他の教科は、市販のテストを配って、「教科書を見て、そのテストに回答しながら、自分で勉強しなさい」という自習だった。小学生に自習なんかさせたら、当然、ほとんどの子は勉強しない。それでも平気な先生だった。おかげで、小学校6年で習うようなことは、私はすべて抜け落ちている。

今なら問題になりそうだし、当時だって問題だったかもしれないが、誰も親に告げ口しなかったようで、何事も起きず、ずっとそんな授業だった。

算数だけは授業があったが、それも独特だった。難しい問題を1問、黒板に書く。それが解けた人から、遊んでいいのだ。遊びたい子ほど、熱心に取り組んだ。私もそうで、おかげで算数の能力はこのときにかなり伸びたと思う。あとからわかったが、中学の数学の問題とかも平気で出ていた。パズル的な問題も多く、私は数理パズルがすっかり好きになり、のちに雑誌で自作の数理パズルの連載をしていたこともある。

というわけで、算数が得意な子は、その能力だけ伸ばされ、他の教科は全滅し、算数が苦手な子は全教科が全滅するという、すごい先生だった。たまに、理科の授業だけはやることがあり、その準備に四苦八苦するようで、やり遂げたときには、高い山にでも登ったような達成感で高揚していた。こんなに準備したんだと、生徒に自慢することもあったが、他のクラスの先生は全教科ちゃんとやってるんだけど……と、おそらくみんな、心の中で思った。

体育は1年を通じてずっと野球だった。野球が好きではない私には苦痛だった。先生が野球好きだったわけではなく、運動場にも出てこなかった。クラスの多数決で決まったんだったと思う。

いっさい授業をしなくなった

この先生は、途中から、本当にいっさい授業をしなくなった。とくに思い出深いのは、ここからだ。

先生の夫が、突然、亡くなったのだ。

そのことを先生は、生徒に語った。最初からかなりくわしく語った。

夜寝ていたら、となりに寝ている夫がひどいいびきをかきだした。声をかけても起きない。なんだか、いびきがひどすぎて、ただごとではない気がする。でも、どうしていいか、わからない。何時間も、そのまま、横にすわって、夫を見ていた。今度は、だんだん息が弱くなっていって、ついに息をしなくなった。そうして死んでしまったのだと。

小学生の私たちは、人の死というものをまだ身近に経験していない者がほとんどだった。まして、人が死んでいく様子をそんなにくわしく聞いたのは、みんな初めてだったと思う。私もそうだ。

人はそんなふうに死んでいくものなのかと、そのことにも驚いた。今思えば、脳出血とかそういうことなのだろうけど、そういう知識もないから、いびきから始まる死というものに、圧倒された。人はもっとドラマチックに死ぬものだと、子どもだから思っていたのだ。現実はもっと得体の知れないものだと感じた。

教室は水を打ったように静かになった。あんなに教室が静かだったのは、初めてだった。

先生は大変な嘆き方だった。その悲しみと苦しみがひしひしと伝わってきた。

「先生、かわいそう」とか「先生、元気を出して」とか、安易な言葉をかけられる生徒は誰もいなかった。なぐさめるようなことを言うことさえはばかられると、子どもながら、みんなが感じた。

しだいしだいにくわしく細かく

先生は次の日も、また同じ話をした。少し驚いたが、たしかに、いちど話しただけで気がすむようなことではないだろう。

しかし、先生はその次の日も同じ話をした。その次の日も……。はっきり覚えていないが、卒業までずっとそうだったと思う。先生の夫が亡くなった日で、私たちの時間の経過も止まった。何回も何回も亡くなった日をループすることになった。

先生の話は、日を追うごとにくわしく、細かくなっていった。死んでいく人の様子が克明に語られていくので、みんな大変な緊張で聞いていた。みんなで、先生といっしょに、亡くなっている先生の夫の横にすわって、じっと見つめているようだった。大きないびきや、それが弱い息に変わって消えていくのが、聞こえてくるようだった。知らないはずの先生の夫の顔が見えるようだった。

だから、毎日同じ話で聞きあきるというようなことは、まったくなかった。日を追うごとに、話の中にさらに引き込まれていき、どうなってしまうのかという思いだった。ずっと授業をしなかったわけで、もし学校側にバレていたら、大変なことだっただろう。しかし、バレることはなかった。これもまた、誰も親に言わなかったのだと思う。私も言わなかった。

人の死について、その悲しみについて、小学校6年生で、ここまで語り込まれたのは、すごい体験だったと思う。とてもおそろしかったが、先生も話すことできっと少しは助かる面があっただろうし、しーんとしてみんなで話に聞き入るという日々を過ごしたことは、それだけでも後にも先にもないことだ。

不合格の落ち込み

この先生は、卒業の前にも、やらかしてくれた。これは私だけに関することだが。中学受験の合格発表を、どういう事情だったか忘れたが、生徒自身では見に行かず、先生がひとりで見に行って、結果をクラス全員の前で発表した。

私は「不合格だった」と言われた。

言われたときは、そうかあと思っただけで、別にショックはなかった。不合格でも、普通に地元の中学に進めばいいだけで、私はそれでまったくかまわなかったからだ。

ところが、帰り道でだんだんおかしな気分になってきた。どうやら、不合格で落ち込んでいるようなのだ。なぜだろうと思った。地元の中学に行くのは、べつにかまわない。では、なぜ落ち込むのか？　クラス全員の前で不合格と言われたからか。あいつは不合格でこっちに来たと、中学で言われそうだからか。それも少しあるような気がした。そんな見栄っ張りだったのかと、それも少しショックだった。

しかし、それだけではない。不合格ということ自体が、なにか重苦しい気持ちにさせるようだった。これはたんに試験の点数の問題で、私は試験の点数など気にしたことはなかった。受験勉強もしていない。だったら、不合格になっても、なんてことはないはずだ。それなのに、落ち込む。どんどん落ち込んでいく。不合格というのは、それがどういう理由で不合格かということとは関係なく、何か不思議な力を持っているのだ。そして、人を落ち込ませる。

中学受験前に、「不合格になったらいやだから」と言って受験をやめた友達がいた。そんなに不合格をおそれなくてもとそのときは思ったが、この帰り道では、「あいつがおそれていたのは、これだったか！」と思った。あいつも受験は初めてなのに、この不合格の落ち込みをあらかじめ想像できていたとは、なんてすごいやつなのだ！　とすっかり感心して尊敬してしまった。

どうしてそんなウソを？

翌日、学校に行くと、先生が「本当は合格だから」と言った。

私はうれしいと感じるより、「なに、この人！」と茫然（ぼうぜん）とした。

「どうしてそんなウソをついたんですか？」と思わず聞くと、

「早いうちに挫折を経験しておいたほうがいいと思って」と言われた。

早すぎじゃないか？　と思った。小6だ。

まあ、おかげで、不合格という烙印（らくいん）は、その試験の本質とは関係なしに、人を落ち込ませるものだということは、よくわかった。これは理屈では理解できないことだから、体験できてよかったとは思う。

　しかし、やっぱり、先生のやることではないとも思う。


　というわけで、私はこの先生がとても好きだったが、恩師とか、尊敬とか、自分も教師にとか、そういう感じではまったくなかった。

　これまででいちばん好きだったのが、この先生なのだから、かわいそうな子なのかもしれない。

　しかし、最初にも書いたように、自分ではそれをとくに残念なこととは思っていなかった。

人生で初めて先生と呼びたい人に出会って

ところが、最近になって、心から先生と呼びたい人に出会った。

相手は先生と呼ばれるのをいやがる人だったが、「今まで先生と呼びたい人がいなかったから」と、無理に頼んで先生と呼ばせてもらった。

その人の言うことが、いちいち心に響き、すべてメモしておきたいくらい大切だった。

心から尊敬できて、迷いがまったくなかった。

コロナが始まるまで、週1でご自宅に通わせてもらったが、まさに「惚れて通えば千里も一里　長い田んぼもひとまたぎ」だった。恋愛以外でもこういうことがあるのかと、初めて知った。

こういう人に出会えたのは幸運だったが、そのときはたと気づいて愕然（がくぜん）としたのだ。してみると、他の人たちは、学生時代から、こんな経験をしていたのか！　こんなに尊敬して、会うだけで嬉しく、言葉のひとつひとつを大切に聞く、そんな相手が、下手すると小学生のときからいたのか？

だとしたら、それはうらやましい！　すごくうらやましい！

私はそのとき初めて気づいてしまったのだ。学生時代に尊敬する先生がいなかった自分は、すごく残念な人だと……。

とろ火の不幸

強火で一気にみたいな不幸にはみんな同情してくれる。

しかし、とろ火でじっくりみたいな不幸には、人は冷たい。

たとえば、山で遭難して、何日も飲み食いしていなくて、よろよろしている人になら、誰でも飲み水や食べものを差し出すし、介抱してくれる。

しかし、自分の家で、もう何年もかつかつの食事しかできなくて、じわじわ弱っている人に対しては、苦しそうだとはわかっていても、まあ、何年もやってきているんだから、大丈夫だろうと思ってしまう。で、大丈夫ではなくて亡くなったりすると、びっくりして、そういうことになる前に言ってくれればと言う。

言ったとしても、なかなか相手にされないのだ。強火なら、「これはなんとかしないとすぐに焦げそう」とあわててくれるが、とろ火だと「まだまだ大丈夫そう」と思われてしまう。

でも、いくらとろ火でも、いつか焦げつくし、そうでなくても、とろ火でじっくりやられるのは、それはそれでつらいのだ。じっくりと味が深くまでしみ込んでしまう。

ぜひ、とろ火の不幸の人にも、もっと同情してあげてほしいと思う。「なんだ、スマホ持ってるんだ」「部屋にエアコンあるじゃない」とか思うかもしれないし、たしかに明日にも飢え死にするような強火ではないかもしれない。でも、それはまだ余裕があって大丈夫ということではなく、とろ火でずっと煮つづけられているかもしれないのだ。

とろ火で料理していると、つい油断して目を離してしまって、気がつくと焦げついていたりする。

料理ならまだいいが、人間相手に、これをやってしまわないように、注意したいものだ。

「死んだほうがまし」な人生を、どう生きていくか？

「死んだほうがまし」という素直な感想

「あなたのような人生なら、死んだほうがましだ」ということを、おそらく100回以上は言われてきた。

これは私に限らず、病気や障害のある人なら、たいてい何度となく言われているだろう。病院の6人部屋でも、またかというほど、よく耳にした。言うぞ言うぞと思っていると、やっぱり言ったりする。

そんなひどいことを口に出す人はいないでしょう？　と思うかもしれない。たしかに、内心で思っても、口に出せることではない。

しかし、もっと軽い言い方で、つい悪気なく、口にしてしまうのだ。たとえば、私は食べられるものがかなり限られていたので、「好きなものを自由に食べられないなんて、わたしだったら死んでしまう」と何回言われたかしれない。お酒も飲めないので、「お酒が飲めないなんて、オレだったら死んだほうがましだ」と言われ、外出がしづらかったので、「自由に出歩けないなんて、死んだも同然ね」と言われた。

これらは悪意があって言っているわけではない。傷つけようとしているわけでもない。食事制限の話を聞いたりして、その大変さに驚いて、ついそう言ってしまうのだ。「死んだほうがまし」も、ふだんから「こんな暑い日にビールを飲めないなら死んだほうがまし」とか軽い意味で使っているわけで、本気で死と天秤にかけているわけではない。むしろ、「自分だったら死んだほうがましだと思うことに、あなたは耐えていて、えらい、立派だ」と称賛する意味で言っている人も多い。

ただ、病人のほうは、今まさに、死なないようにがんばっているところなので、「死んだほうがまし」と言われると、最初はぎょっとしてしまう。

「言葉とがめ」は逆効果

といっても、「病人や障害者が傷つくので、そういう言い方はやめましょう」ということが言いたいわけではない。

私はそういう「言葉とがめ」はまったく意味がないし、むしろ逆効果だと思っている。「こういう言葉は言わないようにしましょう」と言われて、「気をつけなきゃ！」と思うような人は、そもそもひどいことは言っていない。ひどいことを言っている人は、どう注意されようと、それが自分のことだと思わないし、直すことはない。

だから、せっかくやさしい人たちを、「傷つけるといけないから、話しかけるのは難しい」と萎縮（いしゅく）させてしまうだけだ。「きちんと配慮できないかもしれない自分は、病人や障害者に近づかないほうがいいかも」と、そばに寄ってきてくれるやさしい人たちを減らすことにもなりかねない。

どんなひどい言い方でも、そこに悪意がなければ、問題ないと思う。悪意のあるなしは、言われたほうはわかるものだ。

実際、私は「死んだほうがまし」と言われて、傷ついたことはない。「よくそんなことを言うなあ」とか、「いやいや、あなたも同じ立場に立ったら、絶対死なないから」とか思ったりはするが、そうやって内心で苦笑いする程度だ。

決定的に人生の喜びが失われているとしたら？

それより問題は、多くの人が「死んだほうがまし」と感じる人生を、どう生きていくかだ。

これが難問だ。

たとえば、「好きなものを自由に食べられないなんて、死んだほうがまし」と人が言うとき、くり返しになるが、本当に「死んだほうがまし」と思っているわけではなく、たんなる慣用的な言い回しにすぎない。しかし〝決定的に人生の喜びが失われている〟と思っているのもたしかだろう。

〝決定的に人生の喜びが失われている〟人生をどう生きるのか？

食事に関しては、私は13年間、豆腐と半熟卵とササミと裏ごしした野菜と、栄養剤で暮らしていたので、食べる喜びがこんなに制限された人生は、みんなが言うように、本当に「死んだほうがまし」なのかもしれないと、かなり気になっていた。私としては、死んだほうがましとは思わないが、それは自己欺瞞（ぎまん）なのではないかと。「人生で大切なのはお金ではない」と貧乏な人が言っても説得力を持ちにくいのと同じように、食べられない人間が「食べる喜びがなくても、人生は生きる価値がある」と言っても、はなはだ説得力がなく、自分自身でもその言葉を信じ切れなかったのだ。

だが幸いなことに、私は手術をして、なんでも食べられるようになった。その喜びは大変なものだった。今まで禁じられていたものを、ふんだんにむさぼった。禁じられていた長い期間があっただけに、その食べる喜びは、普通の人たち以上だったと思う。

しかし、それをぞんぶんに味わった上で、私は「食べる喜びがなくても、人生に生きる価値はある」と感じることができた。これは、とても嬉しかったし、やっぱりそうだったかと、ものすごく安心した。自己欺瞞ではなかった、真実だったと、確信できた。

今もお酒は飲まないし、外出も控えているが、それでも、そういう楽しみがないから「死んだほうがまし」ということはない、と確信できているので、そのせいで世をはかなむことはない。

「死んだほうがまし」とは思わないが、
「なんて人生だ」とは思う

で、話を終われればいいのだが、そうもいかない。

昨日、腸閉塞になりかけた。開腹手術をすると、内臓が空気にふれるので、その後、腸閉塞が起きてしまうことがあるのだ。私もまさにそれで、もう何回も腸閉塞で入院した。

だんだん回避する方法も身につけて、昨日もなんとか回避できた。しかし、とても痛かったし、今もまだ痛い。そして、しばらくはまた食べるものに気をつけないといけない。お粥からスタートだ。

コロナ以降は、この気持ちをみんなもわかってくれると思うのだが、「もう気をつけるのは、うんざり！」なのだ。

なんでも食べられるように手術したのに、その手術の影響でまた食事制限という、この矛盾というか、堂々巡りというか。

これを悲観せずにいられるだろうか？

それでも「死んだほうがまし」とは思わない。しかし、「なんて人生だ」とは思う。池にこの人生を落として、女神さまが、「あなたが落としたのは、この健康な人生ですか？」と現れたら、（それを選んではいけない！）と頭ではよくわかっていても、「そうです！　その健康な人生です！　その人生を私にください！」と叫んで、すがってしまいそうだ。

というわけで、「病気をしていても、生きる価値はある」と言うと、なんだかすごく前向きな感じがするが、そうではない。生きる価値があるというのは、明るく楽しいということではない。大いに嘆くし、大いに泣く。おもちゃを買ってもらえない子どものように、床に寝転がって、「ねえ、どうしてこんな人生なの！　どうして、もっといい人生じゃないの！」と、さんざんだだをこねたい。

その姿を見て、「だったら死ねよ」と言う人もいるだろうが、そんなことを言う人より長く生きたい。

目を病んだときの父のにおい

読書バリアフリー

第169回芥川賞を受賞した市川沙央さんが記者会見で、「私が一番訴えたいのは、やはり「読書バリアフリー」が進んでいくことです」と発言した。

意外なコメントだった。読書バリアフリーについて語った受賞者は初めてではないだろうか?

市川沙央さんは、筋力などが低下する筋疾患の「先天性ミオパチー」という難病を患っていて、紙の本を読むことが難しいという。

私は紙の本を憎んでいた。目が見えること、本が持てること、ページがめくれること、読書姿勢が保てること、書店へ自由に買いに行けること、――5つの健常性を満たすことを要求する読書文化のマチズモを憎んでいた。

市川沙央『ハンチバック』文藝春秋

『ハンチバック』は第128回文學界新人賞受賞作だが、その後、文芸誌『文學界』の電子版配信がスタートした。

小学館からは、キム・ウォニョン著、五十嵐真希訳『だれも私たちに「失格の烙印」を押すことはできない』が、7つの形態で刊行された（紙の本、電子書籍、オーディオブック、テキストデータ、点字版、テキストDAISY版、音声DAISY版）。

とても素晴らしいと思った。

紙の本を読めなくなった

本を読む人が減ったと嘆かれるが、読みたいのに読めずにいる人もたくさんいる。

私もかつて、紙の本が読めなくなったことがある。

あれには驚いた。

本を開いたら、まるで文字が読めなかった。

活字のかなり大きな本でも無理だった。

持病の潰瘍（かいよう）性大腸炎のために使っていた薬の副作用が目にきて、視界が歪（ゆが）んでしまったのだ。

家の中にはたくさんの本があるのに、それらが一瞬にして紙クズとなってしまったかと思うと、ショックで茫然（ぼうぜん）とした。

病気のつらさから本を読むようになったのに、病気のせいで本が読めなくなるとは……。

本が読めないというのは、私にとって命綱がなくなるに等しいことだった。

電子書籍は文字を大きくできる

そのとき、電子書籍と朗読にとても助けられた。

電子書籍は、文字のサイズをすごく大きくできる。紙の本ではありえないほどに。

それで、なんとか読むことができた。助かったと思った。

普通の人は、「こんな大きくして読むやついるのかよ」と思うだろうが、じつはいるのである。

自分がそういう経験をしたので、「歳をとって本が読みにくくなった」という高齢者の方たちに電子書籍を勧めてみたところ、「また読めるようになって嬉しい！」とずいぶん感謝された。

ネットの朗読のありがたさ

朗読も、ネット上にけっこうあって、これもとてもありがたかった。一般の方が趣味やボランティアで朗読してアップしておられるのだ。

このときに聴いた、えぷろんという方の、夏目漱石の『吾輩は猫である』の朗読は、なんとも滋味あふれ、どれほどなぐさめられたかしれない。

オーディオブックも聴くようになった。

大人になってから読み聞かせをしてもらうのもいいものだと思った。

目で読んで良い文章と、耳で聴いて良い文章はちがうということに気づけたのも、思いがけない発見だった。その発見が、『落語を聴いてみたけど面白くなかった人へ』（ちくま文庫）を書くときにとても役立った。

電子書籍化と無償朗読の著作権フリー

幸い、目は治り、また紙の本を読めるようになった。

しかし、電子書籍と朗読への恩は忘れられない。

なので、私は自分の本に関しては、できるだけ電子書籍も出してもらえるよう、いつもお願いしている。

また、無償朗読（趣味やボランティアで朗読してネットにアップするなど）に関しては、著作権フリーにしている（使用料等は必要なく、勝手に朗読してかまわないということ）。

オーディオブックにもしたいのだが、これはオーディオブックの会社のほうから声をかけてもらわないと、自分でできることではないので、まだ『絶望名人カフカの人生論』だけしかオーディオブックになっていない。

宅配を受け取るのがつらい人もいる

私が二十歳から13年間、入院と自宅療養をくり返していたときには、まだ電子書籍はなかった。

もしあったら、どんなによかったかと思う。

入院していて本がほしくなったら、人に頼んで買ってきてもらうしかなかった。

自宅療養のときはネット書店で買って宅配してもらっていたが、これもきつかった。というのも、玄関まで受け取りに出なければいけない。私の場合、立ち上がるとトイレに行きたくなる状態だったので、急にチャイムが鳴って玄関に呼び出されるのは困るのだ。

冬だとさらにきつくて、冷たいドアノブにさわると、その冷たさが全身に走って、たちまちトイレに行きたくなる。

玄関の外に置いてくれないかと頼んだこともあるのだが、当時はどうしてもハンコがいるといって、受け付けてもらえなかった。

今や、ハンコなしで玄関に置いてくれるようになったので、とても嬉しいし、だったらもっと早くやってほしかったとも思ってしまうが。

父のにおい

目を病んだとき、不思議な体験をした。

大学病院に行って、検査のための目薬を入れて、待合室で待っていた。その目薬を入れると、ますます目が見えなくなる。目の前は真っ白で、何も見えなかった。

そのとき、となりに誰かすわったような、すわらないような、そんなあいまいな気配があった。

そして、父のにおいがした。


父はずいぶん以前に亡くなっている。

べつにくさい人だったわけではないので、父ににおいがあると思ったこともなかったのだが、そのとき、となりにすわったらしき人のにおいを、父のにおいだと感じた。

とても懐かしかった。

年配の男性はこういうにおいがするのだろうか。でも、これまで感じたことがなかった。目を病んで、鼻が敏感になったのか？　などといろいろ考えたが、それよりなにより、懐かしかった。

そして、この偶然をとてもありがたく感じた。

目を病んで不安なときに、しかも目の前が真っ白でこれから検査というときに、父のにおいに包まれると、不安や心配がやわらいで、なんだか安心できた。

目が見えないと、いっそう孤独を感じるのだが、そういうひとりぼっちな気持ちも、少しやわらいだ。

父は私が難病になったとき、とても悲しんでいた。だから、もし父がまだ生きていて、本当にとなりにすわっていたら、その難病のための薬の副作用で目まで病んだとなると、さらに悲しんだかもしれない。

でも、そのときとなりにいるのは、いわば父のにおいだけだ。私が誰かのにおいを勝手にそう感じているだけだ。だから、心配させることはない。安心して、懐かしさだけにひたることができた。

となりの人が立ち上がった気配はなかったのだが、いつの間にか、父のにおいはしなくなっていた。

それでも、私は落ち着いた気持ちで検査を受けることができた。

その後、父のにおいに出会ったことはない。電車とかで、年配の男性が近くにいたことは数えきれないほどあったはずだが、同じにおいに出会ったことはない。

目がまた見えるようになったからなのか。あれは幻臭だったのか。それとも、たまたまあのときだけ、よく似たにおいの人がとなりにすわったのか。

それにしても、においって、うまく思い出せない。父のにおいがどのようなものだったか、思い出そうとしても思い出せないのだ。それをかげば、すぐにそうだとわかるのに。

現実が
すべて
ですか？

私たちは夢を見ます。妄想を抱きます。
ありえないことを考えたりします。
そんなことはすべて無意味と言う人もいます。
現実的になれと。でも、ありえないことを考えてみることで、
初めて気づける現実もあります。言葉が飛躍的に発達したのは、
ありえないことを言えるようになったときだそうです。
たとえば、私たちは「空にドアがあったら」と考えることができます。
そんな非現実的なことを考えるのは、ただ無意味なことでしょうか？

永遠に生きられるつもりで生きる

永遠に生きたい。地球が滅んでも、太陽が白色矮星(はくしょくわいせい)となっても、自分は生きていたい。そう言うと、たいてい不思議そうにされる。「なぜ?」と聞かれる。死を恐れる生き物として、生きたいのは自然な願望だと思うのだが、どうも多くの人はそう思わないらしい。そんなに生きていたら苦痛だと思うようだ。

たしかに、バンパイヤとか、人魚の肉を食べたとか、火の鳥の血を飲んだとか、永遠の命を手にした人たちは、たいてい死にたがっている。といっても物語の中でだが。そういう物語を読むたびに、私は不思議だった。なぜ素直に喜ばないのか?

生きることに倦(う)む、退屈する。そう思う人が多いようだ。しかし、それは、命に限りのある者の考え方ではないのか?

私には11も年上の兄がいる。私が9歳のとき、もう20歳だ。私は兄が大好きだった。兄はＳＦ小説が好きで、文庫本をたくさん持っていた。私もそれが読んでみたくなった。でも漢字が難しくて読めない。漢字を飛ばしながら、なんとか読めたのは、ハヤカワ文庫のジェイムスン教授シリーズだけだった。挿絵が魅力的だったからだ。後から知ったが、藤子・Ｆ・不二雄が描いたものだった。さすがに子どもの心を惹きつける。

　ジェイムスン教授は、死んだ後で宇宙人に助けられ、生き返っただけでなく、機械人間として永遠の生命を手にする。そして宇宙の冒険に出かける。シリーズは何巻かあるので、そのどれだったか覚えていないが、こういうエピソードがあった。ジェイムスン教授は、何かの事故で宇宙空間にひとりで放り出され、仲間の宇宙船も去ってしまう。自分では動きようがないから、そこに浮かんだまま、永遠の時を過ごすしかない。これにはゾッとした。何もない宇宙空間にひとりぽつんと浮かんで、ずっと生きつづけるなんて、これこそ永遠の命を恐れる人たちが恐れているものだろう。

　ところが、ジェイムスン教授はまったく動じない。近くの星に生命が誕生して、それが進化し、やがて宇宙船を作れるまでになって、ついにその宇宙船によって救出してもらうのだ。こんな手があるのか！　と目からウロコだった。永遠の生命のすごさを知った。宇宙空間に放り出されて絶望なんて、命が有限な人間の考え方なのだ。命の長さがちがえば、考え方もちがう。

つまり、私たちの考え方は、「命が有限」ということによってかたちづくられているところがある。「命が有限だからこそ、人生は輝く」というような意味の名言がたくさんあるが、人生を充実させなければと思ったり、充実させることができなくて退屈を感じたりするのは、私たちの人生が有限だからだ。無限であったら、充実なんてさせる必要はまったくない。すべてのことは起きるのだから。したがって退屈することもない。

エネルギー問題も環境問題も、永遠に生きるとなると取り組み方が俄然（がぜん）真剣になるだろう。人類の未来を考えているといっても、せいぜいひ孫くらいまでで、自分のことのようには考えていない。他の星への移住計画にも、予算が注ぎ込まれるだろう。自分が行くんだから。

「今日しか生きられないつもりで生きろ」という意味の名言もたくさんあるが、「永遠に生きられるつもりで生きる」というのも、また面白いかもしれない。ジェイムスン教授は今でも私のあこがれの人だ。

神の矛盾

「神は人間に孤独を与へた。然も同時に同じ人間に孤独では居られない性質をも与へた」（佐藤春夫『退屈読本』冨山房百科文庫）

みんなといるとひとりになりたくなり、ひとりでいるとみんなのところに行きたくなる。この間で揺れ動いている人は多いはずだ。なぜ神は両方の性質を人間に与えたのか？

こうした神の矛盾というのは、いろいろあると思う。

頑張らなければ生きていけないのに、面倒くさがる気持ちも与えられている。自由を求めるのに、自由をもてあます気持ちも与えられている。生きたいのに、死にたくなったりする。

私がとくに気になる神の矛盾は「人間は生き物を殺して食べないと生きていけないの

に、生き物を殺したくないと感じる」こと。他の生き物を殺して食べないと生きていけないのなら、平気で殺せるようにしてほしかったし、殺したくないと感じるのなら、殺さなくても生きていけるようにしてほしかった。

菜食主義でも植物は食べるわけで、他の生命をまったく犠牲にしないことは不可能だろう。ただ、こういう話を聞いたことがある。インドだったと思うが、ある人たちは「食べてほしがっている果物」だけを食べるのだそうだ。鳥や獣に食べてもらって、便といっしょに種(たね)を別の場所で出してもらう。それを願って、おいしい実をならせている植物もある。それは食べてもいい。「なるほど!」と思った。これなら完璧だ。ただし、トイレで便を出して流したりしてはいけない。種が芽を出せる可能性のある土の地面の上に排便しないといけない。これは現代社会ではなかなか難易度が高い。あと、そういう果物だけで栄養バランスがとれるのかどうか。

私の理想は光合成だ。光合成ができれば、太陽光で生きていけるので、食べなくてすむ。他の生き物を殺す必要はなくなる。

それだけではない。飢えがなくなる。太陽は誰の上にも輝く。食べるために、やりたくもない仕事をしたり、下げたくもない頭を下げる必要もなくなる。「飢えが、自由な人間を奴隷にする」という言葉がTwitter(現X)の「アフリカのことわざ(@

africakotowaza)」で紹介されていた。まったくその通りだろう。

光合成ができれば、みんな自分のやりたい仕事しかやらないだろう。生き生きと働くはずだ。きっと見ているだけでも気持ちがいいだろう。それでは世の中がうまく回らなくなる？　だとしても大丈夫。どうなっても、飢え死にはしないのだ。

とはいえ、光合成は植物しか無理なのだろうと思っていたら、光合成をする動物がいた！　イースタン・エメラルド・エリシアというウミウシの仲間だ。見た目も葉っぱみたいで緑色をしている。藻を食べて、光合成をする葉緑体を吸収したらしい。そんなことが起きるのかと驚いた。脊椎（せきつい）動物でもサンショウウオの一種にやはり光合成ができるものがいるそうだ。こちらも細胞に藻の葉緑素を取り込んでいるらしい。藻を食べたくなるが、人間の場合は、もちろんそう簡単にはいかない。しかし、将来的に、まったくありえないとも言い切れないだろう。

そのとき、人間社会は大きく変わるだろう。とくに権力というものが。「食べる楽しみ」はなくなるが、「食べる苦しみ」もなくなる。「今日はいい天気ですね」「雨がつづいて困りますね」というような定型の挨拶も、別の意味合いを持つことになる。

幻影三題

〝死〟と〝性〟

以前に住んでいたところは、駅前に仏壇屋とソープランドが並んでいた。〝死〟と〝性〟が並んでいるわけで、いつもなんとも言えない気持ちにさせられた。性によって人が生まれ、生まれたからには死んでいく。人のいとなみがこの2軒に集約されているかのようだった。

その2軒の前を通ってアパートまで帰っていた。線香のにおいやお風呂のにおいがすることもあった。かなしかった。死も性も、人間にはどうにもならない。性欲の暴れ馬をうまく制御できないまま突っ走り、いつか崖から落ちて、仏壇の遺影となってしまう。

ふと、ソープランドから出てきた人が、そのまま仏壇屋に入ったような気がした。きっと、見間違いだろう。

〝生〟と〝死〟

今住んでいるところの駅前には、子どもたちが遊ぶ広場と、大きな寺がある。そのあいだの道を歩いて、家まで帰る。

左手の広場では子どもたちが元気よく遊んでいる。右手の寺の垣根からは卒塔婆(そとば)がたくさんのぞいている。

〝生〟と〝死〟だ。

今はきゃーきゃーと声を弾ませて、命そのもののように生き生き躍動しているこの子どもたちも、いずれは死んで墓の下だ。

真ん中を歩いている私は、まさにその真ん中にいる。

ふと幻影にとらわれる。

広場で遊んでいた子どもたちが、いっせいにわーっと道のほうに走り出し、そのまま垣根を越えて寺の中に入っていくのだ。

こわいとは感じない。ああ、そういうものなのだなあと、木洩れ日に神々しい美しさを感じるときのように、うっとりと私はその光景をながめている。

この世から病人がいなくなる

幻影と言えば、こんな幻影にもよくとらわれる。

病院の待合室で、診察の順番を待っている。たくさん用意してある椅子が患者たちですべて埋まり、立っている人もいる。

大学病院だと、1日の患者数は4千人をこえる。

この待合室にいる人間のすべてが病人なのだ。この建物にいる人間のほとんどが病人なのだ。なんという数の人が病んでしまったのか。

待合室の病人たちの何人かが、ふと立ち上がる。そして、出口のほうに向かう。まだ診察前なのに、帰ろうとしているのだ。なぜ？　それにつづいて、どんどん他の病人たちも立ち上がって、ぞろぞろと病院の外に出ていく。

そうか、病気が治ったんだ！　もう診察を待つ必要はない。ここにいる必要はない。入院していた患者たちも、どんどん外に出ていく。立ち上がれなかった人も立ち上がり、歩けなかった人も歩く。

医師や看護師も、診察室から出てきて、患者たちといっしょに病院から出ていく。

もう世の中に病人はどこにもいないのだ。だから、みんなで病院から出ていくのだ。

歓喜の声こそあがらないが、静かな興奮が全員から感じられる。つながれていた場所、いなければならない場所から解き放たれて、ここではない外に出ていく。

もちろん、そんなことは起きない。みんな、じっと、何時間でも待合室で待っている。

土葬か火葬か星か

正岡子規が「死後」（青空文庫）という随筆の中で、自分が死んだ後、土葬がいいか火葬がいいかなど、「どういう工合(ぐあい)に葬(ほう)むられたのが一番自分の意に適(かな)っているか」を考察している。

子規は、20歳のときに結核になり、28歳のときに寝たきりになり、34歳の若さで亡くなった。「死後」は死の前年（明治34年）に書かれた。死は、子規にとって、誰でもいつか死ぬというような漠然としたものではなかったはずだ。にしては、ユーモアあふれる筆致に驚かされる。

私も病人だから、埋葬について考えることがある。でも、こういう話はなかなか人とできない。正面から書いている随筆に出合えて、とても嬉しかった。死んだ後のことだから、どうなろうといいようなものだが、とはいえ、生ゴミの日に出されるとしたら、やっぱりいやだろう。死ぬときに「ああ、この後、生ゴミの日に出されるのか……」と思ったら、死ぬつらさがいっそう増しそうだ。だから、死んだ後のことも大切なのだ。

私は火葬がとても恐い。火の熱さで、もし息を吹き返したらと思うと、その先は想像したくない。子規も「火葬は面白くない」「手や足や頭などに火が附いてボロボロと焼けて来るというと、痛い事も痛いであろうが脇から見て居ってもあんまりいい心持はしない」と書いている。

子規の頃は土葬が一般的だったが、「余り感心した葬り方ではない」と子規は言う。穴の中に落とされるのはいやだし、土がドタバタドタバタと自分の上に落ちてきて、踏み固められる。さらに墓石をすえられてはたまらないと。

「水葬はどうかというと（中略）泳ぎを知らぬのであるから水葬にせられた暁にはガブガブと水を飲みはしないかと先ずそれが心配でならぬ」

「姥捨山見たような処へ捨てるとしてはどうであろうか」とまで考えているが、「ガシガシと狼に食われるのはいかにも痛たそうで厭やである」

ついにミイラになることまで考えるが、それも気に入らない。「どうもこれなら具合のいいという死にようもない」

子規があげていなくて、今ある葬り方としては、散骨がある。絵的には美しい。ただ、骨をハンマーなどで砕き、すり鉢で粉末にすると聞いて、それは絵的に恐いと思った。樹木葬も生命循環という感じで素敵だ。ただ、植物という別の生物の根に栄養として吸われるところを想像すると、やはりぞっとする。

子規は、「死(しん)で後(のち)も体は完全にして置きたいような気がする」と書いている。それで思い出したのが、昔、本で読んだ、ソンディ・テストという人格検査だ。自殺の方法が心理学的に分類されていた。その分類の仕方が独特で（記憶なので正確ではないかもしれないが）、たとえば自分の身体を強い力で一気に吹き飛ばしたい人は電車に飛び込み、自分の死体を人に見られたくない人は雪山などを選び、男性的な性格の人は包丁などで自分を刺すとか。自分の身体をどうしたいかで方法が変わるところが印象的だった。

私は、やはり子規と同じで、「死で後も体は完全にして置きたいような気がする」。冷凍保存がいいなあというSF的な結論にたどり着くが、今のところ現実的ではない。子規の結論もやっぱり現実にはおさまりきらなくて、メルヘンの域に到達している。

「なろう事なら星にでもなって見たいと思う」

人の青春、虫の青春

「わたくしが造物主であったら」とアナトール・フランスは言っている。「昆虫に似たものに男や女を造っていたであろう」（『エピクロスの園』大塚幸男訳、岩波文庫）仮面ライダーのショッカーのようなことを言っている。昆虫になりたい人はあまりいないだろう。カフカの『変身』でも、映画『ハエ男の恐怖』でも、虫になった主人公はひどい目にあう。アナトール・フランスが創造主でなくてよかったと思う人が多そうだ。でも、アナトール・フランスがこう言うのには理由がある。「毛虫として生きた後に、姿を変えて蝶となり、その生涯の果てには、愛することと美しくあることとのほかには心を配らない昆虫に似たものに。わたくしだったら人間の生涯の最期に青春を持って来ていたであろう」

これを読んだ萩原朔太郎は、大賛成している。「昆虫の生態は、幼虫時代と、蛹虫（ようちゅう）時代と、蛾蝶時代の三期に分れる。幼虫時代は、醜い青虫の時代であり、成長のための準備として、食気（くいけ）一方に専念している。そして飽満の極に達した時、繭（まゆ）を作って蛹（さなぎ）となり、仮死の状態に入って昏睡（こんすい）する。だがその昏睡から醒（さ）めた時、彼は昔の青虫とは似もやらず、見ちがうばかりの美しい蝶と化して、花から花へ遊び歩き、春の麗（うら）らかな終日を、恋の戯れに狂い尽した末、歓楽の極に子孫を残して死ぬのである。人間がもしそうであったら、アナトール・フランスの言うように、たしかに理想的であったろう」（「老年と人生」青空文庫）

たしかに、昆虫の一生は、人間とずいぶんちがう。人は、だんだん成長して、だんだん老いていく、山を登って降りるような人生を当然のものと思っている。周囲にいる犬や猫もそうだし、花も蕾（つぼみ）が花開いて、そして枯れていく。しかし、昆虫はちがう。75％が「完全変態」を行うらしい。イモムシが蝶になったりするわけだ。人生の最後が蝶だ。

人間の場合も、若い頃はイモムシのように一生懸命いろいろ勉強して身につける。将来のために時間と労力を使い、いろいろ我慢する。しかし、いちばん美しいのは青春時代とも言われる。恋愛がキラキラしているのも青春時代だと言われる。そうすると、昆虫でいうと、イモムシのときと蝶のときが重なってしまっているのだ。だから、どっちつかずになって、蓄積もおろそかになるし、青春のきらめきもおろそかになる。そして、ちゃんと勉強しなかったことを後悔したり、青春を楽しまなかったことを後悔したりする。虫の一生と比較すると、人間の青春の苦悩というのが、より理解できる気がする。「少年老い易く学成り難し。一寸の光陰軽んずべからず」という言葉がある。「まだ若いと思っていても、すぐに歳をとってしまい、学問はなかなか進まない。だから、ちょっとの間も惜しんで勉強しなければ」という意味だと思っていた。

ところが萩原朔太郎は別の意味もあると言う。「その言葉は、再度来ない青春の日の楽しさを、空しく仇(あだ)にすごすことによって、老年の日の悔(くい)を残すなという意味を、逆説的に哲学している」(同前)

つまり、「一生かけても学問は究められないのだから、勉強ばかりしてないで、後悔のないように青春を楽しんでおけ」という意味もあると。そう言われてみると、そうとれなくもない。がちがちの堅い言葉だと思っていたが、急にやわらかく感じられてくる。

死んだ人からの意見

その瞬間、本望ではないことに気づいた

海で死ぬなら、本望だと思っていた。

本気でそう思っていた。

とその人は言った。

ところが、海でサーフィンをしていて、転倒し、サーフボードが自分の顔に向かってきたとき、死にたくないと思った。顔をかばった手が大きく切れて、ずいぶん血が出たが、命に別状はなかった。死ななくてよかったと、心底思った。

あのとき——ボードが自分の顔に向かってきたとき、海で死ぬのは本望ではないと気

がついた。

とその人は言った。

サーフィンをするために宮古島に移住までした人だ。

私はこの話を聞いて、とても感動した。


「あいつもきっと本望だよ」


もし、この人がそのときに亡くなっていたら、家族や友人たちは、悲しみながらも、「海で死ねたんだから、あいつもきっと本望だよ」「そうだよな、いつもそう言ってたもんな」などと言い合っていたことだろう。そんな死に方にあこがれる人もいたかもしれない。

しかし、実際には当人は、死ぬと思った瞬間、ぜんぜん本望じゃないことに気づいたのだ。

これは、たまたま生きていたから、じつはこうだったと聞くことができたわけで、死んでいたら、聞くことができない。

生きている人間だけではバランスが

私たちは、死んだ人たちの思いや意見をまったく聞くことができない。

あたりまえのことだが、いつもこれが気になる。

この世のことが、生きた人間だけの考えで決まっていくなんて、ひどくバランスを欠いた、一方的なことに思えてしまうのだ。

生きている人たちというのは、まだ一度も死んだことがない人たちだ。つまり、そうとうラッキーな、選び抜かれた人たちだ。というのも、人間というのは簡単に死ぬからだ。中学のとき、ひっきりなしに車の通る道を自転車通学をしながら、いま、ちょっと横に倒れただけで、車にひかれて死ぬわけで、それって簡単すぎないかと理不尽な気がした。

とにかく、そんなに死にやすい人間の中で、生きている人というのは、幸運なのだ。そんな幸運な人たちだけで、物事を決めるなんて、なんとも危なっかしい。宝くじに当たったことのある人たちだけで、マネープランを立てるようなものだ。

ぜひ聞きたいのに

死んだ人の意見がぜひとも聞きたい。死んだ人の意見も取り入れることができたら、きっともっとずっとましな世の中になるだろう。

といっても、聞くことはできない。それどころか、想像することもできない。何事も自分で経験しなければ、本当のところはわからない。勝手に想像すれば、落語の「らくだ」のように、死者を勝手にあやつって踊らせるようなものだ。

じゃあ、死にかけた人たちに話を聞けばいいのか？　残念ながら、それもダメだ。死にかけて死ななかったのと、死んだのとでは、ぜんぜんちがう。死にかけたのに死ななかった場合、むしろより選ばれた人間という意識を持つことも少なくない。ピンチを切り抜けた人間のほうが、よりピンチを恐れなくなるように。

実際、事故や病気で死にかけた人の中には、「自分は死を恐れなかった」「不思議なほど平常心でいられた」「生きるのも死ぬのも同じだと思った」などと語る人がけっこう多い。だがこれは、虫に変身したグレーゴル・ザムザが仕事に行こうとするように、突然の変化にまだ気持ちがついていかなくて、それまでの日常感覚が持続しただけだ。

「海で死ぬのは本望ではないと気がついた」と語った人は、死への覚悟があったからこそ、すぐに気持ちが動いたのだろう。むしろ、珍しい例だ。

こんなことが書けるのは

つまり、本当に死んだ人の意見でないと意味がないということになり、そうすると、それは聞くことができないわけだから、そんなことを言ってみても意味はない。
ここまで読んできたのに、なんの意味もなかったわけだ。でも、そういう無意味なことでも書けるのが、エッセイのよさだと思っている。

電話ボックスとともに消えた人間の身体

私が大学生の頃、まだ世の中には電話ボックスというものがたくさんあった。電話ボックスをもう知らない人もいるかもしれないが、人がひとり入れるサイズの透明なボックスの中に、公衆電話がひとつついているのだ。硬貨を入れる、あるいはテレフォンカードというものを差し込むことで、電話をかけることができる。

当時は多くの人が電話ボックスで電話をしていた。私はその姿にとても惹きつけられた。電話の相手、その声に意識が集中しているから、自分の身体をあまり意識しなくなっている。また、自分が人から見られているということもあまり意識しなくなっている。

スマホでしゃべっていても同じだろうと思うかもしれないが、ぜんぜんちがう。ボックスに入っているということも大きいのだろう。電話ボックスでしゃべっている人の身体というのは、ふだん目にする人間の身体とは、ぜんぜんちがうのだ。

それが興味深くて、私は電話ボックスで電話している人の写真ばかり撮っていた。大学で大辻清司（きよじ）先生に写真を習っていたときのことだ。

普通、人物写真を撮ると、どうしても人物が目立つ。風景は背景のようになる。しかし、電話ボックスで電話している人の写真の場合、そうはならない。周囲の風景も大きく取り込むと、人物はその風景の一部となる。写真を見たとき、まず人物に目がいくのではなく、全体が目に入り、そのあとでその中にいる人物に目がいく。建物、電柱、ゴミ箱、木、屋根、電線といったものと、人物とが、かなり等質になる。そのことも面白くて、周囲の風景も大きく取り込んで、撮っていた。

白黒フィルムで、自分で現像して、プリントしていた。現像とプリントで写真が大きく変化するということも知らなかったから、そんな実験も楽しかった。なるべく白黒の階調が幅広く細かく出るように、それをいちばん重視していた。

安部公房の『箱男』に、障害者の写真に添えられた、こういう一節がある。

見ることには愛があるが、見られることには憎悪がある。見られる傷みに耐えようとして、人は歯をむくのだ。しかし誰もが見るだけの人間になるわけにはいかない。見られた者が見返せば、こんどは見ていた者が、見られる側にまわってしまうのだ。

安部公房『箱男』新潮文庫

若い頃は自意識が過剰だから、人の視線というのがとても気になった。人前で話をするときなど、大勢が見ていると思うと、あがってしまってつらかった。

それだけに、人の写真を撮るのが苦手だった。見られることを意識している身体というのが苦手だった。たとえ見られたがっている人であっても。

電話ボックスの中で電話している人には、それがない。見られることを意識していない身体。しかも、他のことに意識を集中していて、自分の身体を忘れている姿。人間のいちばん魅力的な姿ではないかと思った。

電話ボックスが世の中からなくなってしまったことを、私はそういう意味で残念に思っている。もうああいう人間の姿を見ることはできなくなってしまった。

もうひとりの自分

もうひとりの自分の背中

もうひとりの自分といっしょに歩いている人は、きっと多いだろう。

私は二十歳のときからだ。

二十歳で難病になったときから、「難病にならなかった場合の自分」という、もうひとりの自分の姿を思い描くようになった。

別の人生の道を歩いていく、もうひとりの自分の背中が見える。

その自分は、いったいどんな人生を歩いているのか。少なくとも、今の自分よりは幸せで、その幸せに気づかないくらい無邪気だっただろう。

こういう思いにとらわれるのは、なにも病気の人に限らないだろう。

就職で好きな仕事に就けず、気にそまない仕事をするしかなくなれば、「好きな仕事をしている自分」の姿がどうしてもちらちら見えるだろう。

一生をともにしたかった相手と別れることになれば、「その人と暮らしつづけている自分」を思い描いてしまうだろう。

起きてほしくないことが起きてしまった人は、「何事も起きなかった自分」をうらやんでしまう。

嫌いで憎い自分のために涙を流すだろう

ただ、最近、ふと思う。

もう難病になってから、20年以上、生きてきた。元気だった二十歳までと同じくらいの期間、病人として暮らしてきたのだ。

もし今、医学の進歩によって、画期的な新薬が登場して、自分の病気が完治したとしたら、どうだろう？

もちろん、大喜びするだろう。感激し、感動し、感涙にむせぶだろう。それはまちがいない。

しかし、病気だった自分をあっさり切り捨てて、もとの明るい自分に戻れるだろうか。きっと、だんだんに戻っていくだろう。しかし、もはや、病気だった自分を完全に忘れ去ることはできないだろう。

今、「病気にならなかった自分」といっしょに歩いているように、今度は「病気のままの自分」といっしょに人生を歩いていくことになるだろう。

病気の自分は、大嫌いな自分だ。病気をして性格が歪(ゆが)み、卑屈になり、やりたいこともやれず、身体はやせ細り、何をするにも不便で、痛みもやってくる。そんな自分は切り捨てたいし、そこにためらいはない。

しかし、それでもやっぱり、その自分を完全にふり払うことはできないだろう。その自分の姿を思い描いて、涙を流すだろう。嫌いだし憎んでいるが、なかったことにはできない。忘れてしまうことはできない。嫌いで憎んでいる家族のように。

萩尾望都(もと)の「半神」

昨晩、読書会があった。少し前から「まっくら図書館の読書会」というのを始めた。

そこで萩尾望都の「半神」をみんなで読んだ。たった16ページの短編漫画だ。しかし、その世界は大きく深い。いくら語っても語りつくせない。人それぞれに、いろんな読み方があって、私にはまったく気づいていなかったことも多く、目からウロコだった。

私はこの作品にとても感動するのだが、何に感動しているのか、まったく説明できない。

あらすじは、こんなふうだ。

主人公は、結合双生児の姉。妹と腰のあたりでくっついている。

妹は美しく、「ほんとうに天使のようねえ」と称賛されるのだが、姉のほうは「塩漬けのキュウリだわ」と言われてしまう。

一卵性双生児なのに、養分を妹に奪われてしまうことで、外見に大きな差がついてしまうのだ。姉はやせ細り、肌も荒れ、髪の毛もあまり生えない。

知能のほうは逆に、姉のほうだけ平均以上に発達し、妹のほうは赤ちゃんなみだ。しかし、そのことで姉が称賛されることはなく、かえって妹のほうが「無垢」「穢(けが)れを知らぬ天使」と愛され、姉は妹の面倒をちゃんとみるように言いつけられる。

姉は勉強したいのだが、妹が遊びたがるから、それもままならない。

私は一生
こういう目にあうのか
一生　妹への
ほめことばを聞き
妹を
かかえて歩き
妹に
じゃまをされ

『半神』小学館フラワーコミックスα

そのとき、分離手術の提案がある。「ふたりをきりはなす」というのだ。そうすることで、姉は助かるが、妹は死ぬことになる。姉のほうにも手術の危険はかなりある。しかし、姉はためらわない。「きせきだわ！　あぶない手術？　かまわない！」

手術は成功し、元気になってきた姉は、妹に会いに行く。
妹はベッドの上で、すっかり衰弱している。その姿は、以前の姉にそっくりになっている。

わたしが
一番きらいな
自分自身の顔が
そこにあった

これはなにかの
トリックか

死んで
いくのは
自分じゃ

ないか

姉は衝撃を受けるが、死んでいくのはやはり妹だ。

姉はどんどん回復していく。「すっかりふつうの女の子と同じ生活を送っている」「むかしは夢にもみなかった毎日」

しかし、ふと、鏡の中に、「あんなにきらっていた妹の姿をみつける」。元気になった姉の外見は、以前の妹とそっくりになっているのだ。

鏡の中にいるのが妹だとしたら、じゃあ、自分はどこにいるのか。「わたしはわからなくなる」

姉は、自分の半分が失われたと感じ、涙がとまらない。

愛よりも
もっと深く
愛していたよ
おまえを

憎しみも
かなわぬほどに
憎んでいたよ
おまえを

細部のひとつひとつが心にささるし、全体としても、いちど読んだら、心から消え去ることはないだろう。

読んだ人がそれぞれに、さまざまな読み方をするだろうし、それができる作品だと思う。

私は、自分を重ね合わせて読んだ。

もし病気が完治したら、鏡の中の元気な自分の姿を見ながら、病気のままの自分を思って、泣くだろうと思った。

私の場合、まだ、嫌いな自分を切り捨てられてはいないし、きっと一生、切り捨てることはできないだろう。しかし、切り捨てても涙するだろうと思えるくらいには、嫌いな自分の人生を長く生きてきた。

そのことをどう考えたらいいのかは、まだよくわからない……。

誰かの恩人ではないか

知らないうちに人に恨まれていることがある。自分ではまったく意識していなかったり、忘れてしまっていたりするのに、相手は深く傷ついて、ずっと恨んでいる。「そういうことが自分にもあるかも……」という怖れは、みんな、心の内にあるのではないだろうか。

それと同じようにというか、逆にというか、知らないうちに人から感謝されていることもあるのではないだろうか？　自分では意識していなかったり忘れていたりするけど、相手はすごく感謝していて、恩人としてときどき思い出してくれている。そういうことだって、きっとあるはずだ。

「サマータイムマシン・ブルース／サマータイムマシン・ワンスモア」という舞台を収録したＤＶＤを見ていたら、特典盤でムロツヨシさんがこんな思い出話をしていた。

「客席が８人というときがあって、出ている人間のほうが多いの。ある日それが、開き直ったんだろうね、お客さんも、オレらも。すごい一体感だった。ひとり、お客さん、オレは笑うって決めた人がいたの。その人のおかげで、すごいライブ感だったの。あの経験はでかいと思う。あっ、これができるんだったら、オレ、役者やっていきたいと思った」「その人に会いたい！」

そのお客さんのほうは、そこまで自分のことをおぼえていて、会いたがってくれているとは思っていないだろう。

私も、どこの誰かは知らないけれど、恩人と思っている人がいる。私は病気で急にやせたので、自分の身体はこういうものという元々の感覚とズレが生じてしまい、うまく身体を動かせない時期があった。そういうときに、駅の階段で、足がもつれて、前に足を出すことができず、身体が飛んで、そのまま落ちていった。階段の下に打ちつけられて、死なないまでも、骨折はするなと、一瞬だったが、深い絶望だった。そのとき、すごくがたいのいい、ラクビーか柔道をやっていたような中高年の男性が、さっと下に立ってくれて、私を正面から受け止めてくれた。私は落ちてきた勢いで、その男性の肩を手で思い切りバチーンとたたいてしまった。あれは痛かっただろう。おかげでまったくケガをしなかった。だが、私はパニック状態になっていて、ろくにお礼も言わず、そのまま電車に駆け込んでしまった。

しかし、じつはすごく感謝しているのだ。顔はよく思い出せないが、ありがたいを思い出しては、感謝している。がたいのいい人を見るだけで、あたたかい気持ちになる。

小学校1年生のときの近所のお兄ちゃんもそうだ。となりの県に引っ越し、なじめなくて、私は登校拒否になった。それを近所のお兄ちゃんが毎日迎えに来て、大泣きする私の手をひいて学校まで連れて行ってくれたらしい。両親から聞いた。弟でもない他人によくもまあそこまで親切にしてくれたものだと、会って感謝の気持ちを伝えたいとよく思う。

私にも、どこかに、私を恩人と思って感謝してくれている人がいるといいなあと思う。もちろん、そういうおぼえはまったくない。ないけれど、もしかしたら、いるかもしれないではないか。

なお、ムロツヨシさんの話を聞いて、劇団ヨーロッパ企画の上田誠さんは「それ未来から来たムロさんかもわからないですよね」と言っていた。私もこれから身体を鍛えて、タイムトラベルしたときに、あの駅の階段の下で自分を助けられるようにしておかないといけないのかもしれない。

おわりに

エッセイという対話

エッセイ集を出したいとずっと思っていた。

でも、誰もエッセイを依頼してくれなかった。

そうしたら、日本経済新聞社の西原幹喜(にしはらもとき)さんから、夕刊の「プロムナード」というエッセイコーナーで半年間、週1で連載をしないかという打診があった。

日経のプロムナードと言えば、大好きな穂村弘さんも連載し、それが最初のエッセイ集『世界音痴』(小学館文庫)の中心になっている。

なんて嬉しいと思って、すぐに承知して、毎週楽しく書かせてもらった。西原幹喜さんにはとても感謝している。

半年間の連載のあいだに、どこかから「本にしませんか?」と言ってもらえるのではないかと、ひそかに期待していた。

ところが、いっこうにそんな話がないのだ。

ついに連載が終わり、終わったところで何か話がくるかなと思ったけれど、やっぱりなんにもない。チャンスをつかめなかったんだなあと思った。まあ、しかたがない。穂村弘さんのようにはいかない。だいたい、チャンスをつかむようなタイプではないし、などと自分をなぐさめていた。


ずいぶんたって、すっかりあきらめていたときに、「本にしませんか？」という連絡があった。えーっと思った。だったら、もっと早く言ってよ。さんざんがっかりしてしまったではないか。と文句を言いながらも、もちろんすごく嬉しいのである。不合格だと思ったら、補欠入学できた感じだ。

声をかけてくださったのは、青土社の山口岳大（たけひろ）さんだ。青土社というのは、大学の先生の学術的な本を出しているというイメージだったので、すごく意外だった。何かのまちがいではと思ったが、じつはエッセイ集も出しておられるのだそうだ。

それで、青土社で初めてのエッセイ集を出すという、まったく思ってもみないこととなった。

ただ、日経の連載だけでは本にするには量が半分くらいしかないということで、あらためて週1で書いていくことになった。青土社には連載用のサイトがないとのことで、私が自分でnoteに連載することにした。

このnoteでの連載がまた、意外なほど楽しかった。読んでくださった方の感想、コメント、スキ、サポートなどなど。無料のエッセイにサポートしてくださる方がおられるのには、とくに驚いた。道端で演奏している人が投げ銭をしてもらったときにうれしそうにしている気持ちがすごくわかった。これまで、いい演奏だなと思っても、投げ銭をしたことがなかったのを反省した。今度から自分もしようと思った。

新たにふたつの出版社さんから「本にしませんか?」というお話もいただいた。あらら、じゃあ最初から自分でnoteに連載してみればよかったのかなと、これも意外だった。

noteでの連載は8カ月、ほぼ休みなく、毎週つづけた。毎回、山口さんが感想を送ってくれた。これがすごく面白くて、本当は本に収録したいくらいだ。声をかけてくださって、伴走してくださった山口岳大さんには感謝にたえない。

その他、雑誌に単発で書いたエッセイもいくつか収録させてもらった。書き下ろしもある。日経やnoteに連載したものにも加筆した。

初めての、そして念願のエッセイ集なので、ぜひにと、装幀は鈴木千佳子さんにお願いした。引き受けていただけて、とてもうれしかった。

こうして、このエッセイ集はできあがった。私はこういう裏話が好きなので、他にも好きな人がいるかもしれないと思って、書いてみた。


日経のときも、noteのときも、毎週書くのが、とても楽しかった。私は書くのに苦労するタイプなのだが、エッセイは楽しい。

なぜだろうかと思った。

そもそも、なぜエッセイ集をそんなに出したかったのか？

自分でもよくわからなかったが、今になって思うと、エッセイというのは、なんだか対話しているような気持ちになれるからかもしれない。

長く入院しているとき、ラジオを聴くのと、エッセイを読むのには、なにか独特のよさがあった。

テレビは大勢に向けて作られている感じがするのだが、ラジオはなぜか、ひとりひとりに語りかけてくれているような気がした。とくに深夜に聞いていると、孤独が少し癒される気がした。

エッセイにもそういうところがあった。

読書というのはひとりでするものだが、エッセイにはどこか、書き手が生の声で語りかけてくれるようなところがある。闘病中の孤独な身には、それがうれしかった。

本を書くときもひとりだ。それがさびしいこともある。だから、エッセイを書きたくなったのかもしれない。読んでくださる方と、対話をしているような気持ちになりたくて。

さて、いざ書いてみて、こうして本になると、対話の相手になってくださる方がおられるのかどうか、今度はそれが心配になってくる。

ともかくも私は話しかけてみました。

よかったら、話相手になってやってください。

2023年12月7日　二十四節気の大雪（たいせつ）の日に

頭木弘樹

初出一覧

本書は、メディアプラットフォーム「note」に発表された
エッセイを中心に構成されており、
現在でもアクセスすることができます。
そのほかの初出は以下の通りです。
なお、書籍化にあたり加筆修正を行いました。

◆自伝がいちばん難しい　『日本経済新聞』２０２１年11月30日夕刊
◆短いこと、未完であること、断片であること　『吟醸掌篇』vol.4（原題「短篇礼讃」）
◆金、銀、銅、釘のお尻　『日本経済新聞』２０２１年７月27日夕刊
◆「かわいそう」は貴い　『日本経済新聞』２０２１年12月７日夕刊
◆行き止まりツアー　『日本経済新聞』２０２１年９月７日夕刊
◆「カラスが来るよ！」と誰かが叫んだ　『ちいさいなかま』No. 737

◆後悔はしないほうがいいのか　『日本経済新聞』２０２１年9月28日夕刊
◆8回、性格が変わった　『日本経済新聞』２０２１年7月13日夕刊
（原題「8回性格が変わった」）
◆意表をつく女性たち　『日本経済新聞』２０２１年10月12日夕刊
◆もう嫌だと投げ出す爽快　『日本経済新聞』２０２１年9月21日夕刊
◆迷惑をかける勇気　『日本経済新聞』２０２１年12月28日夕刊
◆倒れたままでいること　『日本経済新聞』２０２１年8月17日夕刊
◆永遠に生きられるつもりで生きる　『日本経済新聞』２０２１年7月20日夕刊
（原題「永遠に生きるつもりで」）
◆神の矛盾　『日本経済新聞』２０２１年8月24日夕刊
◆土葬か火葬か星か　『日本経済新聞』２０２１年10月26日夕刊
◆人の青春、虫の青春　『日本経済新聞』２０２１年12月14日夕刊
◆誰かの恩人ではないか　『日本経済新聞』２０２１年11月16日夕刊

著者

頭木弘樹

かしらぎ・ひろき

文学紹介者。大学3年の20歳のときに難病（潰瘍性大腸炎）にかかり、13年間の闘病生活を送る。そのときにカフカの言葉が救いになった経験から『絶望名人カフカの人生論』（飛鳥新社／新潮文庫）を編訳。著書に『絶望読書』（河出文庫）、『カフカはなぜ自殺しなかったのか？』（春秋社）、『食べることと出すこと』（医学書院）、『落語を聴いてみたけど面白くなかった人へ』（ちくま文庫）、『自分疲れ』（創元社）など。NHK「ラジオ深夜便」の「絶望名言」のコーナーに出演中。

口の立つやつが
勝つってことでいいのか

2024年2月20日　第1刷発行
2024年8月 5 日　第6刷発行

著　者　頭木弘樹

発行者　清水一人
発行所　青土社
東京都千代田区神田神保町1-29　市瀬ビル　〒101-0051
（電話）03-3291-9831［編集］、03-3294-7829［営業］
（振替）00190-7-192955

印刷・製本　双文社印刷
装　幀　鈴木千佳子

Printed in Japan　ISBN978-4-7917-7599-6